Júlio Verne:
a ciência e o homem contemporâneo

Do autor:

Os cinco sentidos

Hominescências

O incandescente

Notícias do mundo

Variações sobre o corpo

Michel Serres

da Academia Francesa

Júlio Verne: a ciência e o homem contemporâneo

Diálogos com
Jean-Paul Dekiss

Tradução
MÔNICA CRISTINA CORRÊA

BERTRAND BRASIL

Título original: *Jules Verne, la science et l'homme contemporain*

Capa: Raul Fernandes

Editoração: DFL

2007
Impresso no Brasil
Printed in Brazil

CIP-Brasil. Catalogação na fonte
Sindicato Nacional dos Editores de Livros, RJ

S51j Serres, Michel, 1930-
Júlio Verne: a ciência e o homem contemporâneo/Michel Serres: diálogos com Jean-Paul Dekiss; tradução Mônica Cristina Corrêa. – Rio de Janeiro: Bertrand Brasil, 2007.
192p.

Tradução de: Jules Verne, la science et l'homme contemporain
ISBN 978-85-286-1275-2

1. Verne, Júlio, 1828-1905 – Crítica e interpretação. 2. Serres, Michel, 1930-. Entrevistas. 3. Literatura e ciências. I. Dekiss, Jean-Paul. II. Corrêa, Mônica Cristina. III. Título.

CDD – 843
07-2736 CDU – 831.133.1-3

Sumário

Segunda Parte — Encantamento

Essa conversa, numa primeira versão, foi publicada na revista *Jules Verne*, entre julho de 2002 e junho de 2003.

A entrevista foi gravada e filmada em Paris, no escritório de Michel Serres e na Academia Francesa, numa estrada do Norte da França e em Amiens, na Maison Jules Verne.

Prefácio

A cumplicidade de Michel Serres com Júlio Verne é antiga e acompanha seu imaginário em direções, científicas e literárias, que muitas vezes a história contemporânea opõe. Durante dois séculos, os imaginários científicos e literários alternadamente se juntaram e se separaram em categorias e especialidades distintas. Essas categorias nem sempre tiveram fronteiras demarcadas, como no século XX, e Júlio Verne, talvez o último dos enciclopedistas, tenta fazer a ponte entre dois mundos que se dividem.

Desde Júlio Verne e além das aparências, as facetas inesperadas de nosso universo são reveladas pelos cientistas, bem como pelos escritores, que nos desvelam realidades científicas e humanas prontas a nos encantarem. Roland Barthes desejou aproximar, numa ciência da literatura, imaginários da razão e do sentimento em novas harmonias. Seu projeto ficou em suspenso. Michel Serres dedicou, até os dias de hoje, trinta e seis livros à busca dessa via em que a ciência e o conhecimento do homem se unem na compreensão de sua presença no planeta. A ciência, na vida como na literatura, consiste em ver diferentemente uma flor, uma gota d'água, um ser vivo... em ver em cada coisa uma relação com outras coisas, uma relação humana com os outros seres humanos. Quando nossa imaginação entra em acordo com nosso saber, quando pesquisas científicas e literárias encontram sua função dinâmica, a sociedade reencontra a esperança de um mundo emancipado, e o progresso, sem o emaranhado das ilusões, abre para todos o caminho de um conhecimento e de uma apropriação pessoais e sociais do mundo.

A busca da felicidade pode efetuar-se pela observação comum e compartilhada dos fenômenos científicos e humanos? Esta entrevista procura sua formulação conjugada entre duas épocas com cem anos de distância, a de Júlio Verne e a de uma reflexão que Michel Serres transmite às gerações posteriores. Nossos mitos, realidades, sentidos literais e simbólicos do mundo se conjugam para definir a humanidade atual aparente e subjacente. A última palavra é também aquela que Ray Bradbury põe na boca de Júlio Verne ao fim de sua conversa imaginária com ele. Depois de ter expressado uma vez mais a esperança de ver as gerações futuras mais bem-educadas no conhecimento do que as precedentes, Júlio Verne, antes de virar-se e desaparecer na praia deserta, conclui: "Transmitam!"

Jean-Paul Dekiss

Jean-Paul Dekiss — *Em 1974, o senhor escreveu* Jouvences, Sur Jules Verne [Juventudes: sobre Júlio Verne], *um livro no qual analisa o alcance das* Viagens extraordinárias. *Em 2001, o senhor publicou* Hominescências*, *demonstrando nesse livro que o século XX correspondeu ao fim de uma era da humanidade. Michel Serres, abordaremos juntos alguns assuntos que lhe são muito caros e que encontramos nessas obras escritas com trinta anos de intervalo. Vamos falar de Júlio Verne e de sua relação com a hominescência, tentando ver se ele foi realmente visionário e, se for o caso, de que maneira isto se deu. Porém, antes de começar esta entrevista, o senhor teria alguma reflexão particular?*

Michel Serres — Essa relação nunca me passou pela cabeça. Tentativa de síntese, *Hominescências* faz, às vezes, de fato, referência a alguns de meus livros, ao *Contrato natural*, por exemplo, ou aos que tratam das ciências e das técnicas. Mas eu não havia pensado em *Júlio Verne*. Fazendo a comparação, o senhor mostra a que ponto ele permaneceu na minha memória, quando eu pensava tê-lo esquecido. Obrigado por estabelecer essa ligação.

* Publicado pela Bertrand Brasil, com tradução de Edgard de Assis Carvalho e Mariza Perassi Bosco, em 2003. (N.E.)

— *Sua dedicatória em* Jouvences, Sur Jules Verne *é muito curiosa e vou citá-la: "Adulto há pouco tempo, adulto há muito tempo, eu quis vasculhar os vagos vestígios do cadáver amargo que trago em mim: a criança. Continuo fascinado pela estepe, pelo Maelström*, pelas geleiras, pelo Pacífico. O mar não a livrou de Verne, nem meu pouco saber, nem o fogo da vida. Cega, minha mão fica apoiada no ombro de Nadia, que continuo a amar, que amarei sempre. Habitante da noite, não cesso de desejar para Ellen a montanha da aurora. Este livro para dizê-lo, esta viagem que não termina."*

— Duas coisas. Essa dedicatória começa pela palavra "adulto", repetida. Na formação de minha geração, Júlio Verne foi um dos nossos grandes mestres, um dos que nos fizeram passar da infância à idade madura. Muitos de seus livros narram um começo na vida, uma "telemaquia", esta saída, para Telêmaco, da condição de filho de Ulisses. O adolescente amadurece viajando: sob seus olhos, o mundo e os homens mudam, e ele se transforma ao mesmo tempo... O velho mundo se renova, a criança se metamorfoseia e renasce.

Ao contrário, desde essa época — por volta de 1974 — e ainda agora, por longo tempo, desejamos todos permanecer crianças. É provável que haja cada vez menos adultos. Lembro-me de uma revista que fazia uma pesquisa na rua: "Você é adulto?" Das cem pessoas entrevistadas, fui o único a responder: "Sim, realmente procurei me tornar adulto." A maioria das pessoas da minha idade disse: "Não, eu não quero ser adulto, prefiro continuar criança." Isso significava: "Aqui estou eu, ainda e

* Gigantesco redemoinho que, segundo lendas da Idade Média, existia na costa da Noruega. (N.E.)

sempre jovem, aberto, flexível, inteligente, adaptável, amável, mutante, versátil, encantador..." Eu estava respondendo o contrário: "Tornei-me *adulto há...*" Tendo atravessado a guerra, mil acontecimentos trágicos, a idade me chegou muito cedo. Minha geração teve rapidamente, desde a infância, responsabilidades para com os doentes, as vítimas, as crianças massacradas pelo conflito... Como éramos adolescentes durante a guerra e fomos, portanto, formados por ela, precisamos, também, por conseguinte, reconstruir o país.

— *Para falar disso, o senhor tem as mesmas palavras em* Jouvences *e em* Hominescências*; há uma frase, duas linhas em que estão praticamente as mesmas palavras.*

— Trabalhando como professor, encontro cada vez mais jovens completamente doentes porque seus pais não quiseram se tornar adultos nem agir como tal. Eis uma das causas da crise global da pedagogia ou da educação que o Ocidente atravessa há mais de trinta anos: os pais continuam não querendo se tornar adultos. Sociedade de consumo? Influência de suas ideologias? Não sei.

— *O senhor diz que "Júlio Verne foi um de nossos grandes educadores."*

— Para quatro ou cinco gerações, Júlio Verne desempenhou o mesmo papel do famoso *Le Tour de France par deux enfants* [Viagem de duas crianças pela França] — romance que circulava antigamente nas famílias e nas escolas — para as gerações precedentes. O romance trazia também uma iniciação na vida e mostrava como se formar, como passar da infância à idade adulta. Como? Por meio de uma viagem: durante uma volta pela França, duas crianças exploradoras descobriam paisagens, geografia, beleza, conheciam homens e mulheres, seus ofícios, costumes, o mineiro de Carmaux, o agricultor da Meuse, o vendedor de queijos, em Cantal... Júlio Verne retoma uma velha tradição da literatura didática, *Le Tour de France par deux enfants*, mas também o *Telêmaco* de Fénelon, em que o filho de Ulisses percorre, ele também, os países do Mediterrâneo em busca de seu pai e, antes dessa viagem pelo mar, a *Odisséia*, manual da *paidéia** grega. Minha dedicatória canta essa passagem tocante sobre como o adulto se separa da criança.

— *No caso de Júlio Verne, esse papel de educador vem em grande parte de seu editor, Pierre-Jules Hetzel, militante leigo e republicano. Quando, em 1859, retorna de nove anos de exílio, Hetzel abre com Jean Macé uma editora destinada à educação enciclopédica e moral. É então que Júlio Verne o procura com o manuscrito que se tornará* Cinco semanas num balão[1].

— Não falo de história nem de política no meu livro. Jules Ferry e outros representavam a educação de alto a baixo?

— *Júlio Verne e Hetzel são precursores; as leis Jules Ferry*** *virão vinte anos depois de* Cinco semanas num balão, *que é publicado em 1863.*

— Exato. Mas o historiador das ciências gostaria de saber por que a sociedade, de repente, tanto a nossa como a inglesa, a italiana ou a alemã, teve necessidade de renovar, naqueles anos, as questões de educação, ou melhor, de difusão. O Ocidente

* Por volta do século V a.C. é criada a palavra "paidéia", que de início significa apenas criação dos meninos (pais, *paidós*, criança). Com o tempo, adquire nuanças que a tornam intraduzível. Não obstante, o conceito de "paidéia" se consolidou no século VI a.C. e designa o ideal educativo daquele país, visando formar o homem como ser humano e cidadão. Pode designar também a cultura do homem já formado, na idade adulta. (N.T.)

** Jules Ferry foi ministro da Instrução Pública (Educação, na França), de 1879 a 1883. Ele imporá a obrigatoriedade do curso primário e fará profundas reformas no ensino. (N.T.)

conhece, então, uma revolução que engloba o conjunto das ciências e das técnicas, todas transformadas de imediato. Desenvolvendo-se muito rapidamente, essas invenções e inovações invadem a vida cotidiana: os intermediários as difundem. Júlio Verne faz parte, então, de uma cadeia que, nas mais altas instâncias de pesquisa, mergulha no grande público. Mais tardia, a construção do Palácio das Descobertas, por exemplo, vem dessa mesma inspiração. O lançamento repentino de cem invenções diferentes demanda, com efeito, uma difusão adaptada.

Vivemos hoje uma situação análoga: um desenvolvimento rápido e sem precedentes, mas, infelizmente, carecendo de intermediários bem adaptados, cria na sociedade reações de rejeição; as loucuras e angústias freqüentes de agora testemunham essa carência.

— *Antes de prosseguir, gostaria de saber quem é hoje o escritor Michel Serres. Como o senhor se vê? O homem que escrevia no início dos anos 1970 e o acadêmico, trinta anos mais tarde... Quem é esse escritor aos olhos daquela criança da dedicatória? Qual a sua identidade sob todas as suas identidades de escritor? Filósofo? Cientista? Historiador do humanismo? Historiador das ciências? Crítico literário? Imagino que o senhor não tenha vontade de fechar-se em nenhuma dessas definições...*

— Essa questão há de se tornar, talvez, uma das mais importantes em nossas conversas. Não porque me diz respeito, mas porque vivemos atualmente um remanejamento completo do saber e da enciclopédia, ainda mais importante que aquele a que me referi a propósito das últimas décadas do século XIX, e até mesmo tão completo que nenhuma dessas categorias pode excluir outra. Não se pode mais separar a história das ciências contemporâneas, nem a história da filosofia, nem a história da literatura nem a das religiões. Essas disciplinas passam a ter menos interesse se as isolarmos. Como se tornar filósofo sem saber ciência? Pode-se pôr em risco uma cultura sem instrução? Um cientista sem cultura corre o perigo, paradoxal, de se tornar um instruído inculto.

E como, por outro lado, a maioria dos problemas científicos se torna problemas da sociedade, como se tornar um bom político sem estar a par dos últimos resultados da ciência e dos problemas éticos que ela apresenta? Há uma tal abrangência do saber hoje em dia, que todos esses elementos convergem para o que os sociólogos chamavam de "fato social total". Procurar saber a que categoria pertence uma determinada obra só interessa, talvez, quando a obra em si não pertence a nenhuma. Seria melhor procurar saber se não há novas categorias a inventar. Segundo aspecto da mesma pergunta: não seria necessário, hoje, criar uma nova forma? As formas e os gêneros se esgotam ao longo do tempo. Quando, por uma abrangência tão completa do saber e da cultura, a questão dos gêneros literários escorre por entre nossos dedos, não há uma outra forma a se encontrar? Os grandes momentos de Renascimento — os que estamos vivendo se parecem, de fato, com um Renascimento — criam essas novas formas. E se tenho um arrependimento em minha vida, talvez seja o de não ter encontrado ainda um novo gênero ou uma nova forma para exprimir novidades tão decisivas.

— Voltaremos a essas novas formas, se desejar. Apesar disso, tenho a impressão de que se aplicarmos o que está dizendo sobre as diferentes categorias à passagem tranqüila que o senhor faz de uma a outra em Hominescências, *parece que o senhor achou essa nova forma...*

— As novidades de que estava lhe falando misturam e fazem desaparecer não somente os gêneros e as formas, mas também o próprio escritor. Nas livrarias você encontra livros de professor, isto é, de comentário, de história ou de divulgação, e também encontra obras escritas por militantes políticos, estrelas, livros de imagens... mas eu estou tentando escrever um livro, realmente, sem especialidade, ou me tornar um autor, realmente, sem especialidade.

— *É Michel Serres: escritor!*

— Os momentos de Renascimento acentuam as confluências entre multiplicidades. Fora desses momentos, os escritores constroem um piano e tocam este instrumento. Somos forçados hoje a construir grandes órgãos e a tocar várias peças, flauta, baixo, bombarda, vozes de anjos... enfim, explorar inúmeros registros. Por quê? Porque a narrativa literária e a política se misturam com a ciência, a ética com as técnicas, as mídias com as religiões, em fatores numerosos e intricados. Para encontrar a nova forma, provavelmente será preciso escrever a diversas vozes, beber em muitas fontes ao mesmo tempo. Alguém me disse recentemente a respeito de *Hominescências*: o leitor tem a impressão de que há vários autores. Que bom! Ele tinha entendido!

— *Seus livros são o fruto de uma unidade de pensamento, de estilo e tom que parece excluir a possibilidade de terem sido redigidos por vários autores.*

— Eles tinham a sorte de só ter um instrumento!

— *Cada uma de suas frases, quando se lê* Jouvences, Sur Jules Verne, *parece ser uma dobra de pensamento que se estende até a frase seguinte, a qual recobre essa dobra e abre outra etc., como um tecido que estivesse enrolado sobre si mesmo como se vê em certas. Esse seu modo muito particular de exprimir-se, colocando aforismos num passeio livre, à maneira de Rousseau no lago de Bienne, é um contrapeso para a densidade e a multiplicidade de suas idéias? É o prazer de tocar? Uma maneira que se impõe em seu trabalho de escritor?*

— Aí está, de novo, a multiplicidade dos pontos de vista, a confluência. O senhor decerto observou que no final do livro, no lugar da usual relação dos assuntos tratados está uma "relação de maneiras"*. Isso quer dizer: tome esse livro em vários sentidos, leia-o em várias ordens, ele foi composto em trechos transversais, a partir de múltiplos universos. Sua imagem do que passeia me parece exata e apropriada; o verbo "visitar", que pode passar por sinônimo, significa ver, variando, pelo próprio efeito do andar, os pontos de vista. O passeio, a visita têm por itinerário a sucessão de pontos de vista diversos.

— *Essa multiplicidade em* Jouvences, *na linguagem que se desdobra, é o homem que vem da matemática, da ciência, o filósofo, o político...*

— Acho muito gentil que fale em dobras, acusam-me freqüentemente de complicação: mesma palavra, mas intenção diferente! Essa dificuldade de leitura que me imputam vem talvez menos dessa multiplicidade de pontos de vista do que de passagens diferentes de uma a outra. Trata-se então de ritmo, ou melhor, de andamento! Aí está um obstáculo contra o qual precisei lutar por toda a minha vida. Habituados a escrever

* Michel Serres se refere à expressão "table de matières", que normalmente vem no fim das obras e faz a relação de seu conteúdo, como uma espécie de índice ou sumário. No caso, ele fez o jogo de palavras e de idéias com "table de matières" (matérias) e "table de manières" (maneiras). (N.T.)

equações no quadro-negro, os cientistas gostam de causar curtos-circuitos em muitos intermediários, para avançar depressa. Os matemáticos cultivam a elegância. As demonstrações pesadas, pisando duro, um pouco confusas, chegam à verdade depois de terem coberto quatro ou cinco quadros de equações. As demonstrações elegantes conseguem fazê-lo, ao contrário, de modo fulgurante, eliminando as mediações. Formado nessa escola, meu passo tendia ao mais rápido, mais curto. Pensar ou pensar rápido é o mesmo combate! Na época de *Jouvences*, eu acreditava, mas estava errado, que a escrita devia ter como modelo essa sucessão elegante de saltos rápidos. Toda a minha vida precisei lutar contra essa maneira de ser, oriunda de minha formação científica, para conquistar a clareza, a limpidez de expressão, meu ideal, de fato. E percebi que essas dobras de que o senhor fala com razão prejudicavam a clareza de expressão. Em *Hominescências*, a busca da clareza já domina essa antiga exigência de velocidade. O senhor é gentil de falar em dobras, poderia muito bem ter dito: complicação. Sim, meus primeiros livros pareciam complicados porque eu ia rápido. É uma questão menos de ritmo que de andamento, alegre e vivo: *allegro vivace*!

— *Quando li* Jouvences *pela primeira vez, há uns quinze anos, a "relação de maneiras" me pareceu poética, mas fiquei perplexo com o seu sentido.*

— Infelizmente, pois eu a havia escrito para tornar meu argumento límpido! (Risos.)

PRIMEIRA PARTE

As viagens extraordinárias

Legendas do mundo

– O *senhor começa* Jouvences, Sur Jules Verne *com um esclarecimento sobre a viagem. "Passamos", escreve, "de Ulisses e Homero a Laplace e Augusto Comte [...] da legenda à ciência." E depois acrescenta: "O velho pai, ancestral, escreveu a primeira viagem; a segunda consiste em decifrar a lenda e isso é a ciência. [...] A ciência é a totalidade das lendas do mundo."*

Como se inscreve essa relação que o senhor faz entre a legenda que se lê sob os mapas e a lenda dos séculos, essa relação entre a poesia dos mitos, a ciência dos homens e suas viagens em As viagens extraordinárias, *de Júlio Verne?*

— Dois componentes convergem para a pergunta que o senhor formula: um se refere à lenda, o outro à viagem. Escreveu-se muitas vezes a história da literatura de viagens. No primeiro texto conhecido de nossa cultura, no domínio assírio-babilônico, as aventuras de Gilgamesh, o herói parte em busca da imortalidade. Na língua grega, eu disse, a *Odisséia* ocupa esse lugar e, em latim, a *Eneida*. Em nosso domínio cultural, as narrativas instituem a pedagogia.

Ora, a ciência moderna, por sua vez, permite remontar aquém dessa história e daí tirar lições aprofundadas: a paleoantropologia de hoje nos ensina que os homens, nascidos na África, ali viveram milhões de anos; então, um punhado deles saiu e povoou, aos poucos, o mundo todo. *Homo sapiens*, talvez, mas, principalmente, *Homo viator*. A viagem se dirige para alguma coisa de mais profundo do que a cultura, para finalidades que ultrapassam a pedagogia e até mesmo a literatura: para um elemento da antropologia e até mais que antropológico, algo realmente essencial para a nossa condição humana. Erramos de nicho em nicho até correr o risco da ausência de nicho. *Homo errator*: espécie errante.

Sobre o segundo ponto, Júlio Verne deve ser colocado na escola de Augusto Comte. Ambos, constantemente — o primeiro não sei se de maneira consciente —, aproximam o mito da ciência. A palavra "legenda", admirável, exprime isso. Etimologicamente, "legenda" significa "o que deve ser lido"*, e *legendo*, como é preciso ler. Num mapa, geralmente embaixo, à esquerda, um quadro intitulado "legenda" explica como ler os símbolos que ali estão. Passemos agora às ciências. Como se deve ler a geologia? A astronomia, como se deve lê-la? Pois bem, Júlio Verne propõe um modo de fazer: ele constrói uma máquina que permite ir lá ver. Um submarino desce até a classificação dos peixes; um obus dá a volta na Lua; um pedaço de

* Preferiu-se aqui "legenda", em vez de "lenda", que é mais corrente, porque a aproximação com a raiz latina da palavra é mais imediata. "Legenda" é feminino de "legendus" em latim, e o gerundivo de "legere" era "legendo". (N.T.)

continente arrancado da Terra visita os planetas do sistema solar, como em *Hector Servadac*[2]; uma jangada[3] desce lentamente o Amazonas e permite explorar suas margens e encontrar os ribeirinhos. A "legenda" prepara a viagem e a "viagem" realiza a "legenda".

Comum a Hetzel e a Júlio Verne, o projeto de educação, de ensino e recreação associa legenda e saber, como Augusto Comte os havia associado em sua famosa lei dos três estados: teológico, metafísico e positivo. Para ele, a primeira humanidade se dedicou até mesmo ao fetichismo. Ora, Augusto Comte não desvaloriza nunca as idades anteriores porque acredita que elas ainda mantêm hoje, e talvez ainda mantenham amanhã, o dinamismo original. Quando nos tornamos cientistas, diz ele, permanecemos ainda mais ou menos fetichistas. Em Júlio Verne, a associação mito/ciência forma a "legenda" que permite ler o mundo. Minha tarefa crítica consiste em fazer a pergunta: como é preciso ler Júlio Verne ? Posso escrever sua "legenda"?

— *Depois da legenda, o mapa. A respeito dos romances de viagem, o senhor escreve: "Será necessário um dia pôr-se a ler os mapas desenhados pacientemente nesse tipo de literatura. [...] Há neles uma apreensão profunda e decisiva do espaço. Verne recorta o mapa-múndi e cada uma de suas narrativas é uma parte dele. A geografia desses itinerários continua sendo uma ciência que está por nascer"* (Jouvences, *p. 56).*

Qual é essa ciência? Que nos diria se a fizéssemos nascer?

— Alguma coisa como a geografia imaginária desses romances. *As Viagens extraordinárias*, de Júlio Verne, recortam a Livônia[4], os Cárpatos[5], o Québec[6] etc. e, no interior desses espaços, desenham um itinerário, um pouco como em *O testa-*

mento de um excêntrico[7], viagem aleatória e completa no interior dos Estados Unidos. Obviamente, é preciso incluir as circunavegações, como *Os filhos do capitão Grant*[8] ou *A volta ao mundo em 80 dias*[9]. Como visitar o mundo sem deixar nenhum país, nenhuma paisagem, sem deixar um só ponto em branco nesse mapa?

A palavra "pedagogia" se decompõe em duas palavras gregas: *pais, paidós*, a criança, e *agogein*, acompanhar. Significa então: conduzir a criança durante uma viagem, como o arcanjo Rafael precedeu Tobias em sua viagem iniciática. Assim, as ciências são visitadas. Como conhecer a enciclopédia toda? Resposta mais elevada: visitando o mundo todo. A enciclopédia se divide em disciplinas como a política reparte o mundo em países diversos. Quer visitar o país da biologia? Eu lhe dou um submarino para que visite a oceanografia, a flora e a fauna marinhas; eis duas zonas enciclopédicas; a física do globo, a história natural... Do mesmo modo, entre pela cratera de um vulcão da Islândia, desça até o centro da Terra e verás os estratos diferentes da geologia... e assim por diante. Por conseguinte, Júlio Verne desenha duas cartografias, primeiro a do mundo e do saber, que ele superpõe, e uma terceira, de que falaremos. Resumindo:

- — *a cartografia do mundo*, ou o mapa-múndi recortado em regiões; a Livônia, os Cárpatos, o Québec...
- — *o mapa-múndi da enciclopédia*, dividido em disciplinas: astronomia, geologia, história natural dos peixes...
- — *um mapa misterioso do espaço imaginário* ou virtual, onde Orfeu desce aos Infernos, onde Telêmaco procura seu pai.

Enfim, o espaço natural do mundo, o dos conhecimentos, em suma, o dos mitos onde os deslocamentos diferem dos dois precedentes. Júlio Verne faz coincidirem os três mapas.

— *Ouvindo-o, fico pensando nesse novo bairro de Paris, Bercy, dedicado, em forma de consumo, a essa pedagogia mesclada com o espaço urbano. É uma sucessão de lojas, espaços e butiques voltados para as explorações da natureza — caça, pesca, aquariofilia, plantas, livrarias e lojas de roupas especializadas em viagem, navegação — e ainda, para os mitos, um grande complexo cinematográfico...*

— Talvez. Júlio Verne conseguiu; assim nos tornamos seus filhos. Eu quero dizer com isso: cidadãos do mundo; isso não se limita apenas ao mundo espacial do mapa-múndi, isso se refere também ao universo dos conhecimentos, os países de enciclopédia... Em suma, das maravilhas do sonho. O espaço urbano realiza a conjunção dos três mapas?

— *Conhecimento, enciclopédia, maravilhas?... De maneira mais adulterada e na forma de consumo, mas se o espaço urbano realiza esse gênero de conjunção, é porque corresponde à nossa sociedade.*

— O senhor tem certeza? Viveríamos então tão felizes em nossas cidades! Será realmente o caso? Se sim, surpreendo Júlio Verne em flagrante delito de antecipação. Não no sentido de ficção científica, pois ele nunca avançou nada em matéria de ciência, a qual, em seus livros, raramente ultrapassa o positivismo de Augusto Comte. Mas, como *faz funcionar o mito e a pedagogia juntos*, antecipou nossa sociedade. Falaremos disso mais adiante, e muito.

— *Ler e compreender Júlio Verne é ainda ler-nos e compreender-nos.*

Uma odisséia

— *O senhor escreve em* Jouvences *que* As viagens extraordinárias *"foram para a juventude de algumas gerações o que deve ter sido a* Odisséia *para a juventude grega"* (Jouvences, *p. 13). Jean-Marie Le Clézio retomará essa imagem algum tempo depois do senhor, num artigo que ficou bastante famoso. Essa comparação é somente uma evocação da mitologia antiga ou o senhor acha que* As viagens extraordinárias *são a* Odisséia *de nossa época, a que o senhor descreve e que começou a transformar-se em outra a partir dos anos 1970? A lenda da burguesia industrial, por exemplo? Pode-se falar, a respeito de* As viagens extraordinárias, *de uma* Odisséia *da burguesia industrial, de sua mitologia?*

— Não posso dar, como o senhor, uma tradução histórica datada disso. Outros livros tentaram fazê-lo, depois do meu, mas raramente me convenceram. Quando falei de educação e recreação, estava evocando o ato de se deslocar ou a pedagogia que dele decorre. Como fazer uma correspondência histórica precisa para esse projeto, já que ele se repete muitas vezes no tempo? Veja o quanto a pedagogia recorre a esse modelo de viagem e às iniciações que permitem o deslocamento ou a navegação. Quando os gregos, por exemplo, inventaram o ensino programado, a *paidéia*, o primeiro texto que deram à juventude foi a *Odisséia*. A que isso remetia? Remetia à questão: Que homem queremos formar? Todo mundo respondia: Eu quero me tornar Ulisses. Eu quero visitar as terras conhecidas e desconhecidas, viver aventuras perigosas com o Ciclope e idílios adoráveis com Nausícaa. Quero jantar em casa do rei Alcínoo. Quero proporcionar-me a experiência mais universal possível com esses deslocamentos. Foi assim que um povo de marinheiros inventou a geometria e a filosofia.

— *Ficou bem a escolha:* As viagens extraordinárias, *oitenta viagens que, metodicamente, uma após outra, colocam essa lancinante questão: Que homem queremos formar? Então é uma legenda como a* Ilíada *e a* Odisséia.

— Não sei... Decerto Júlio Verne nunca atingiu a nobreza de expressão nem a amplitude da visão da *Odisséia*, mas ele retoma o gesto, destaco, como o de Gilgamesh ou do *Tour de France par deux enfants* da escola republicana, como o de Rabelais, ou do *Telêmaco*, de Fénelon.

— *O* Tour de France *constitui uma única obra, estamos em presença de oitenta volumes. Não podemos imaginar que, nos séculos vindouros, as oitenta* Viagens extraordinárias[10] *representem a mitologia de um mundo que oscila entre a modernidade surgida no Renascimento e o mundo que queria nascer sob nossos olhos na dor de um novo humanismo universal? É essa idéia que me faz pensar na* Ilíada *e na* Odisséia *como símbolos de toda uma época.*

— Eu não tinha em mente nem o símbolo de toda uma época nem o projeto de repetir mais uma vez a crítica histórica de uma obra literária. Eu simplesmente me perguntava: Como iniciar-me na vida? Qual herói o fez antes de mim? Posso encontrar um predecessor? Um exemplo...

O que chamamos de "exemplo"? Nada de pedagogia sem campeão, nada de início na vida sem exemplo. Sim, exemplo é aparentado do italiano *campione*. Qual campeão? Júlio Verne gosta de escolhê-los entre os marinheiros: Nemo e seu *Nautilus*[11], o capitão Hatteras e o *Forward*[12]. Marinheiro: viajante, outra vez, explorador, de novo. Voltemos justamente a essa época de que o senhor gosta de falar. Fora das circunstâncias sociais, é o momento em que breve não haverá mais espaços virgens no mapa-múndi. Antes de Júlio Verne, percebe-se, ainda restavam espaços inexplorados: os dois pólos, as geleiras, muitas ilhas do Pacífico, regiões da Patagônia, pontos em branco nos mapas da África, da Austrália ou da península do Labrador. Logo essas viagens terminariam. Júlio Verne tem a impressão de poder cumprir a volta completa das viagens possíveis no mapa-múndi. Não havíamos visto tudo do planeta e, de repente, graças aos marinheiros que percorrem a geleira, o Pacífico, exploram as ilhas, embarcam os filhos do capitão Grant ao longo do paralelo 37, graças aos exploradores que atravessam o interior da Austrália; de repente, chega um momento notável e preciso em que o mapa-múndi se encerra. O conhecimento da Terra se encerra: finitude de um planeta.

Então Júlio Verne garante a mudança: como a Terra acabou, parte-se para visitar a Lua[13], e Servadac percorre os planetas do sistema solar... Somos obrigados a sair. A metáfora fundamental da viagem muda: não exploraremos mais terras desconhecidas, acabamos com as velhas errâncias, não somente com a história das viagens, mas também com a própria antropologia que as exigia... Acabamos de explorar a Terra... não a invadiremos mais (!?). A partir de Júlio Verne, será necessário fazer outra coisa. Terminamos, e até duas vezes: primeiramente, porque cartografamos os espaços concretos; segundo, porque fizemos o levantamento de todas as populações. Tantas culturas na Nova Guiné, tantas línguas na Amazônia, tantas tribos indígenas na América etc. Eu quero dizer em número, em recenseamento. Então se abre a viagem, não mais a exploratória, mas a dos cientistas, a viagem enciclopédica, a qual tenta desenhar esse segundo mapa que descrevi há pouco. Daí a repetição dessa pergunta também nessa área: Será que poderemos também encerrar o saber como encerramos o espaço? Júlio Verne me parece positivista, porque ele responderia, eu acho, assim: "Sim, a enciclopédia dos conhecimentos pode ser concluída!" Quanto a nós, é claro, responderíamos 'não' a essa pergunta.

Primeiro, o encerramento das viagens espaciais; segundo, o possível fechamento das viagens nas ciências exatas; e quanto às viagens aconselhadas pelas ciências humanas? *Fechamento das ciências exatas, abertura para as ciências humanas.* Elas nascem aí. Pois o simples elenco das culturas — homens, povos e costumes — não basta: convém torná-los objetos de estudo. Essa exigência surge porque a viagem puramente exploratória termina. Por exemplo, quando os geômetras medem um arco de meridiano na África do Sul[14], eles avançam ao mesmo tempo nessa empreitada da ciência exata e num espaço do deserto do Calaári, e no meio dos hotentotes e dos zulus que não conhecem. O espaço, os homens e o saber: os três elementos estão aí! Resta entrar num conhecimento melhor das culturas. Em outras palavras, Júlio Verne *completa* o ciclo das explorações; *acompanha* os especialistas em ciências exatas, *anuncia, não realiza*, os trabalhos "de campo" dos antropólogos.

— *O senhor registra: "Júlio Verne escreveu a* Odisséia *ou o* Ulisses *de Joyce em oitenta jornadas e oitenta volumes. Cada viagem é um pedaço do ciclo homérico, o desdobramento de uma hora em Dublin [...] Verne termina Homero e Joyce o reduz"* (Jouvences, *p. 64*).

— A *Odisséia* dá ao mesmo tempo o mapa do deslocamento e, a cada etapa da narrativa, o saber ou a técnica correspondentes. Homero não escreveu apenas "Então, os companheiros de Ulisses abriram as velas". Ele explica com qual cabo eles amarram a vela e como tecer a tela, de onde sopram os ventos, sua força e a estação de sua maior ação. Se a *Odisséia* nos faz viajar em terras e mares conhecidos e desconhecidos, ela explora também o conjunto do saber da época de Homero. Dupla viagem de exploração do espaço e da enciclopédia: assim, a *Odisséia* passa o tempo todo da literatura de viagem à pedagogia.

Igual é para a criança grega, munida da *Odisséia*, assim para *Le Tour de France par deux enfants*. Desta forma seguem *As viagens extraordinárias*. Através desses deslocamentos, a literatura pedagógica passa à enciclopédia. Ora, na época de Homero, a *oikoumène*, isto é, a terra habitada, se limitava mais ou menos ao Mediterrâneo. À medida que a história avança, Cristóvão Colombo, Fernão de Magalhães, Marco Polo... exploram a Terra. De uma certa maneira, isso vai desembocar na *História geral das viagens*, compilada pelo abade Prévost. No fim do século XVIII, no início do XIX, a *Odisséia*, saída do Mediterrâneo, se estende ao mundo inteiro.

Primeiramente, a extensão espacial atinge a totalidade do mundo, conhecido de agora em diante, finito e explorado; em segundo lugar, uma enciclopédia global se delineia, com os enciclopedistas do Século das Luzes, com Hegel, com Augusto Comte e outros. Aí estão duas totalidades a assimilar, difundir, ensinar. Como fazer? *As viagens extraordinárias* nutrem a ambição de percorrer por inteiro: o mundo global, o saber integral. Conhecer as técnicas, percorrer o seu estabelecimento inteiro, como em *A ilha misteriosa*; visitar muitos países, aprender muitos saberes e, se possível, percorrê-los. Completar ao mesmo tempo a volta em torno da Terra e das ciências, a circunavegação do espaço e dos conhecimentos. Saber astronomia para atravessar os mares ou atravessar os mares para aprender astronomia. Saber geologia para ir ao centro da Terra (o cientista) ou ir ao centro da Terra para aprender geologia (seu sobrinho). Saber biologia para descer ao fundo dos mares (Nemo), correr esse mundo silencioso para aprender biologia marinha (o leitor) etc. Júlio Verne encena uma espécie de equivalência ou de paralelismo entre o conjunto do mundo explorado e o conjunto do saber adquirido. Hetzel pede a Júlio Verne que explique isso ao público. O *Magasin d'Éducation et de Récréation*[15] [Revista de Educação e Recreação] ensina o mundo global e a ciência inteira, decerto, mas também difunde a crença nesse paralelismo.

E tal ensinamento passa pelas narrativas. Para que as crianças compreendam, se encantem e se entusiasmem, é melhor, afirmo, escolher um herói que viaja, explora e encontra obstáculos extraordinários... Eis então um projeto triplo: o conjunto das explorações espaciais, o conjunto do saber, mais as narrativas pedagógicas cujo interesse sustentado transmite saber e paixão pelas aventuras de exemplos escolhidos. Mais tarde, Joyce, justamente com o título de *Ulisses*, tentará esculpir num caroço de cereja essa empreitada global: num dia, num único lugar, em Dublin, por um único homem.

— *É o que o senhor chama de "redução"?*

— Joyce inverte o monóculo de Júlio Verne.

— *É engraçado, porque o gesto que o senhor acaba de fazer é uma das ilustrações do romance* Da Terra à Lua. (*Risos.*)

— Sim, Joyce inverte a velha objetiva homérica...

Mobilis in mobile

— *E a história... Há em Júlio Verne uma* Odisséia, *mas também uma* Ilíada. *Ele escreve quatro romances sobre as guerras de independência e as guerras nacionais de sua época: a guerra de Secessão nos Estados Unidos, em* Norte contra Sul[16], *a dos gregos contra os turcos em* O arquipélago em fogo[17], *a batalha de Valmy no* Caminho de França[18] *e o Québec contra a investida inglesa em* Família sem nome. *Esses romances são completados por outros nos quais a independência territorial de um povo é fortemente evocada,* Vinte mil léguas submarinas, Mathias Sandorf[19] *e* Em Magellanes[20]...

— O capitão Nemo tem um lugar à parte. *Vinte mil léguas submarinas* se abre com o naufrágio de um armamento britânico. O autor da atracação, um pirata, se chama Nemo, "ninguém"*... Ele navega a bordo de um submarino; é então duas vezes invisível: pelo nome e por seu esconderijo dentro d'água. Príncipe hindu, Nemo não luta de rosto descoberto pela independência da Índia, como lutam os gregos em *O arquipélago em fogo* contra os turcos, enfrentando-se corpo a corpo. Mathias Sandorf luta corpo a corpo com o invasor austríaco. Nemo, por sua vez, luta na sombra. Nemo, invisível, eis aí um terrorista!

No Québec, João-sem-nome luta também como um terrorista, sem nome... Não assistimos mais a uma guerra de independência contra um inimigo, mas ao que George Sand descreve em *Minha vida***. Ela fala dos atentados de Paris e de seus

* "Nemo" é palavra latina que se traduz por "ninguém", da formação "ne" (negativo) + "homo" (homem). Tem ainda as acepções: "homem desprezível sem valor" ou "nenhum". (N.T.)

** Referência à obra autobiográfica *Histoire de ma vie* [História da minha vida], da escritora francesa George Sand (1804-1876). (N.T.)

protagonistas, que lutam de rosto coberto. Ninguém sabe os seus nomes. O "submarinheiro", cuja eficácia tenebrosa está na invisibilidade, e que por isso poderia chamar-se de "o homem da mão invisível", luta contra o capitalismo inglês que Adam Smith descreve admiravelmente como sendo dotado também de uma mão invisível, que dirige o mercado. *Mano a mano*, as duas mãos, tão invisíveis uma quanto a outra, capitalismo e terrorismo, lutam uma contra a outra. Sim, o herói Nemo se denomina e se porta como um verdadeiro terrorista. Do mesmo modo, em *A casa a vapor*[21], Júlio Verne conta uma viagem de um *gentleman* inglês a bordo de uma espécie de locomotiva sem trilho que circula na Índia durante a revolta dos sipais. Uma das heroínas da história, a *flamme* (chama) errante, visível e invisível, aparece de tempos em tempos e desaparece na noite, munida de uma tocha. Aí estão vários exemplos de heróis de guerras de libertação, lutando na sombra, sem que se saibam seus nomes.

Vê-se que não há somente, nos romances em que Nemo aparece, a exaltação da técnica, a do submarino *Nautilus* — que, aliás, não antecipava nada, pois já havia planos e projetos de submarinos bem antes de Júlio Verne, desde o século XVI —, mas essa dupla invisibilidade obtida pelo nome "ninguém" e o submarino que não se pode localizar. É um terrorista no sentido mais contemporâneo.

— *Como será também Wilhelm Storitz*[22], *o físico ao qual Júlio Verne dá o segredo da invisibilidade e que aterroriza uma cidade húngara no Danúbio... Mas atrás de Nemo e das guerras de independência nacionais ou regionais há o acesso à liberdade individual, à autonomia. É a época em que o indivíduo é reconhecido como livre numa sociedade em que se está reinventando a democracia.*

— Certamente. Mas Júlio Verne me parece mais anarquista. Ele defende menos o projeto de libertar um grupo que o de uma filosofia militante do indivíduo.

— *Sobre Nemo, o senhor observou que ele é "ninguém" em latim e que fica invisível em seu submarino. Um aspecto de Nemo que esquecemos um pouco é* mobilis in mobile, *"móvel no elemento móvel", que é a divisa do Nautilus. Eu não consegui realmente relacionar essa fluidez com o homem que o senhor descreve em* Hominescências *e O* Incandescente, *esse homem-mosaico com múltiplas identidades. Não consigo relacioná-lo com Nemo.*

— É fácil, no entanto: móvel no fixo, eis você facilmente localizável, já que chamamos o que é fixo de "ponto de referência"; assim, a polícia dispõe de várias referências para encontrá-lo, mesmo que você esteja viajando. Mas móvel no móvel, você já está muito mais bem escondido, visto que a própria referência se apaga.

Mobilis in mobile designa duas realidades. A primeira recusa ou nega o que chamamos de "referência galileana" e que se define por dois eixos passando por estrelas fixas. A revolução de Galileu pode assim descrever os movimentos dos astros. A Terra gira e se move entre o Sol e estrelas fixas. Esses pontos de estabilidade permitem definir posições, calcular velocidades e acelerações, mas somente no interior dessa referência. A idade clássica e até a das Luzes definem assim as referências e a fixidez.

Ora, a partir do início do século XIX, essas referências fixas se tornam elas próprias móveis. Laplace, por exemplo, acrescenta uma cosmogonia à cosmologia. O mundo de Newton adquire um dinamismo: sendo incandescente no início, o esfriamento o faz pouco a pouco se transformar num sistema que parece um relógio, regular como esse que o senhor traz no pulso. Ambos marcam dois tempos: o que o senhor consulta, o da idade do relógio — quando foi comprado, quando foi fabricado, sob quais sinais parecerá velho...? Mergulhado no tempo, o universo também nasce, se desenvolve, evolui, se desgasta e talvez venha a morrer. A partir de Laplace, todas as ciências — e não apenas a cosmologia — adquirem, por sua vez, dimensões temporais; é o caso das ciências exatas e genéticas e o caso das ciências biológicas. Então, o móvel da mecânica no mundo fixo de Galileu se transforma em móvel no móvel. O tempo da mecânica entra no tempo da evolução; para que a mecânica exista, para que seu tempo pulse, aquela e este saem do tempo da evolução.

Chopin fez ouvir esse *mobilis in mobile* em seu *Estudo opus* 25, número 2. Em vez de compor um movimento lento, rápido ou acelerado no interior de um quadro fixo, escreve uma partitura em turbulência, voltada para si mesma, como uma espécie de móvel sem referência. Chopin faz ouvir essa dupla fluência. Alinhado com a divisa de Nemo, todo o século XIX ouve esse *Estudo* de Chopin. Hoje nós vivemos ainda mais nessa pura mobilidade temporal. O senhor não ouve as lágrimas e gemidos por causa da perda ou da ausência de referências? O início do século XIX trazia o germe disso.

O senhor me pergunta, enfim, a ligação dessa dupla mobilidade com *Hominescências*. Eu forjei essa palavra e retomei, dois anos depois, o termo "incandescente" para utilizar termos que a gramática chama de incoativos. No seio de uma evolução, também ela móvel, uma metamorfose que começa (*inchoare*, em latim, quer dizer "começar"), a bifurcação para um novo estado pedem uma nova mobilidade na antiga mobilidade da evolução. A Grande Narrativa que descrevo nesses dois livros comporta um fluxo principal e numerosas bifurcações, novas e contingentes.

— *Nemo guarda uma referência muito longínqua de sua cultura de origem...*

— Em *Vinte mil léguas submarinas* ou *A ilha misteriosa*[23], Nemo luta contra o esmagamento por um poder colonial de sua própria casa, de sua própria nação de origem, a Índia. Ele se revolta e se torna terrorista, mas Júlio Verne nunca define sua ideologia. Exceto a pura idéia de liberdade. Por conseguinte, ele dispõe da mobilidade do deslocamento físico em seu submarino, mas também de uma espécie de mobilidade ideológica. *Mobilis in mobile* traduz em ciência, técnica e concretamente, o ideal de liberdade. Um pouco como diríamos "ter as mãos livres e a liberdade para agir".

— *Quando fica imobilizado, em* A ilha misteriosa, *Nemo permanece muito móvel em seus pensamentos e em sua maneira de ajudar os náufragos. O* Nautilus *imobilizado é uma base, como também o fundo dos mares, que nos serviria de novos jardins de cultura.*

— Como julgar imóvel um fundo ainda inexplorado? Quando viermos a conhecê-lo, graças à teoria das placas tectônicas, vamos descobri-lo ainda móvel, embora lentamente, mas há bilhões de anos. À época de Nemo não se conhecem nem as profundezas marinhas nem as fossas submarinas, menos ainda a teoria das placas. Tudo estava por conquistar. Do ponto de vista da ciência como da ideologia, a divisa *Mobilis in mobile* me parece profunda e acertada. Ela avança sobre o que se passa nas ciências no início do século XIX.

Júlio Verne mostra, aqui, em suas próprias narrativas, que a arte, às vezes, precede a ciência. O *Estudo* de Chopin dá um outro exemplo disso. As artes plásticas precedem às vezes o saber; o senhor não acha que se trata de uma verdadeira descoberta histórica? Já ouviu falar de uma coisa tão extraordinária? Posso dar-lhe outros dez exemplos.

— *Gostaria que essa descoberta fosse mais conhecida... O que assimilamos de Nemo é sobretudo o homem que passeia no fundo das águas para nos fazer descobrir uma história concreta e desconhecida do mundo submarino.*

— Certamente. Ele avança pelo mundo silencioso que mais tarde o comandante Jacques Cousteau vai dar a conhecer. Mas, para voltar ao *Mobile*, desde o começo do século XIX, o tempo entra na ciência: este é o detalhe, com a termodinâmica, a cosmogonia, o que se tornará mais tarde a geofísica, a paleontologia, o darwinismo... Uma verdadeira ciência do tempo começa e se desenvolve surpreendentemente hoje. Desde a época de Júlio Verne, a história entra então na ciência: assim o céu tem uma história, como os astros, a Terra e a vida... As espécies têm uma história, os humanos conhecem uma pré-história e uma evolução. Essa entrada se dá na época do *mobilis in mobile*, divisa perfeitamente expressiva.

Ora, os historiadores ainda não examinaram as conseqüências desse formidável avanço, que deveria tê-los inspirado. Entre suas datas e influências, números e recortes de referência fixa, modelos ultrapassados... eles ainda não têm uma idéia apropriada de seu tempo. O sentido da palavra "história" deveria ter mudado completamente quando o universo inteiro, inerte, vivo, humano... entrou no tempo. E hoje mais ainda, já que o tempo do que eu chamo de a Grande Narrativa tem agora uma duração colossal. Nossos modelos históricos têm anos de atraso. Para tomar um exemplo inspirado na física teórica, avançamos hoje para a teoria do caos: o senhor não acha a história caótica? Imprevisível no fim e determinada no início?

*Trabalhadores do mar**

— *Sabe-se a importância do mar em Júlio Verne, que navegou durante dezoito anos. O senhor escreve a respeito das viagens marítimas: "A navegação e a manobra são práticas originais: elas não poderiam ser suspensas sem perigo mortal. Em outras situações, é possível largar as ferramentas, levantar a mão, deixar o pensamento vagar. Nunca nesse caso, onde a desatenção pode ser fatal. É por isso que o navio pode passar por um bom modelo reduzido da sociedade industrial, dividida em três classes e mobilizada sem trégua pelo andar de um trabalho contínuo" (*Jouvences, *p. 86).*

— Duas idéias mestras compõem essa frase. A primeira concerne ao tempo e ao trabalho. Como o trabalho se adapta ao tempo? Em terra, pode-se interromper a maioria dos trabalhos: parar o labor, a forja, todas as espécies de fabricação, até o capítulo do livro a ser escrito; retomamos amanhã de manhã sem falta. Ao contrário, o marinheiro sabe — eu precisei aprender isso em minha juventude — que nada, a bordo, pára, sob risco de pane, de morte da tripulação e naufrágio do barco. Um tempo de trabalho não precede nem segue um tempo de suspensão de nenhuma atividade. Nada de RTT**! Durante o

* *Trabalhadores do mar* é uma alusão ao romance homônimo de Victor Hugo, no Brasil traduzido, inclusive, por Machado de Assis. (N.T.)
** A sigla se refere a *Recupération du temps du travail*, que é a compensação de horas extras trabalhadas com horas de folga. (N.T.)

turno de uma parte da tripulação, um terço descansa. Nem a navegação nem a manutenção param.

Considere, por outro lado, um navio como um modelo de sociedade: a divisão do trabalho, o ritmo no tempo, a composição das decisões, das hierarquias, a própria partilha do espaço... O oficial de plantão e o timoneiro fazem sozinhos operações complexas de projeto, decisão, governo e execução. Quando Platão descreve o funcionamento político de uma coletividade, emprega a palavra "cibernética", termo grego que significa "a arte de governar um barco". "Governo": mesma raiz de "governadura"*. Os gregos eram bons marinheiros. Platão emprega então a metáfora do barco para descrever a coletividade, a maneira de se comportar, de governar ou executar ordens necessárias a seus projetos ou a sua sobrevivência, porque nele se encontra um excelente modelo reduzido dos problemas que se colocam e se colocarão os sociólogos, historiadores ou políticos. Eu não inventei essa imagem, que é bem clássica, inclusive. Sim, um barco é uma coisa estranha e banal, na qual não se perde tempo para ficar pensando muito.

Além do mais, aos olhos de muitos, aos meus também, é um objeto sagrado.

— *Eram os barcos a velas e as tripulações importantes, e as manobras, difíceis...*

— Júlio Verne conhecia bem tudo isso, assim como seu irmão, oficial de marinha. Aliás, aos doze anos ele não fugiu para ir para o mar?

* Do latim "gubernu". Este termo é em português menos empregado do que "leme" ou "ferragem do leme". Em relação às reflexões do entrevistado, porém, "governadura" dá o sentido exato e tem a mesma raiz da palavra por ele empregada em francês, "gouvernail". (N.T.)

— *Eu diria que é uma lenda falsa, uma invenção de sua primeira biógrafa, uma de suas sobrinhas, que manipulou um pouco a verdade...*

— A propósito dessa fuga, deixe-me contar uma coisa. Era uma vez, no sudoeste da França, na minha família, aliás, um filho de camponês, como nós todos, nascido na província de Gers, que se tornou, mais tarde, um dos grandes marinheiros de sua geração; eu o conheci no fim da vida. Havia fugido, com treze ou quatorze anos, com o sonho e o projeto de navegar. Para transportar cimento a São Francisco, destruída pelo grande terremoto, ele se alistou, em 1906, como jovem marujo aprendiz numa escuna abastecida de Liverpool. A travessia durava seis meses pelo cabo Horn... e o desconhecido... Pois é, com trezentas toneladas de cimento, uma miséria. Aos quatorze anos, ele trocou a terra pelo mar, a fazenda, pelos portos e barcos, seu cantinho seguro, pelo mundo, seu horizonte familiar, pela aprendizagem global, seus pais, pela humanidade, porque lera Júlio Verne. Em seguida, conheceu a Tasmânia, a Índia, a China, o Japão, todos os continentes e todos os mares, sempre à vela. O chamado do mar ele ouvira dos capitães Hatteras e Nemo. Júlio Verne suscitou assim vocações extraordinárias, e a sua lenda, verdadeira ou falsa, não sei, corresponde à do meu parente, verídica. Conhecem-se as árvores pelos frutos.

— *Em* Hominescências, *o senhor diz, falando dos grandes meios de comunicação de outrora: "A água reúne o que a terra separa."*

— Sim, o mar reúne o que os continentes separam. Portugueses, ingleses, holandeses, dinamarqueses e até proprietários vindos dos países mais ao norte da Liga Hanseática... eu quero dizer, seus descendentes... compartilham a vinícola de Bordeaux. Em outras palavras, esse porto, próximo de Lisboa e Londres, avizinha-se de Helsinki, Hamburgo e dos cais da Escócia ou da Dinamarca. Tais vizinhos vivem, no entanto, a milhares de quilômetros de distância. No entanto, Bordeaux conhece mal Toulouse, que fica a dois passos. A água liga, o solo cria um obstáculo. Quando Ulisses conta suas viagens pelo mar Mediterrâneo, ele se aproxima, do mesmo modo, da costa da atual Turquia, da Itália, da África e das Colunas de Hércules. Esse mar Mediterrâneo, num dado momento, falava a mesma língua, a dos marinheiros e comerciantes... Ulisses completa seu ciclo, enquanto as viagens de Alexandre, por terra, acabam mal.

Outro exemplo, menos contraditório, que me ocorre: sendo "marinheiro do sudeste", os bretões me reconhecem como irmão; nós tínhamos a mesma maneira de reagir porque éramos do litoral atlântico, próximos também do País de Gales e da Escócia. Mas vivíamos a distâncias intermináveis, distâncias *continentais*, do mar sem marés. Era preciso atravessar muita terra para chegar àquela água. Nosso mundo sendo o do oceano, éramos estranhos ao mar Mediterrâneo.

— *O mar é livre e a terra...*

— O marinheiro viaja sem se mexer: pendura sua rede entre duas paredes, duas divisórias semelhantes; não muda nem se mexe, como se estivesse em casa, não mudam nem sua panela nem sua maneira de comer o peixe... mas o barco se movimenta, dia e noite, deslocando-se, balançando e avançando. O corsário viaja mais do que o homem. Ao contrário do marinheiro, quando o homem da terra viaja, deve transportar tudo consigo e pode perder tudo. A viagem por terra acumula dificuldades extraordinárias. Admiro Marco Polo ou o Pai Huc* mais do que a Ulisses ou Cristóvão Colombo. E como o mar oferece menos obstáculos que a terra, entre os portos, mais próximos do que o mapa faz crer, eles se entretêm com as comunidades de marinha, comércio, línguas e culturas. O mar aproxima realmente, a terra nos separa: e se inventássemos portulanos com escalas diferentes para a água e a terra? Assim diferenciadas, suas distâncias exprimiriam essa verdade da existência. Argel costurada a Toulon e Marselha infinitamente separada de Paris. Os Atos dos Apóstolos mostram, por exemplo, que são Paulo difunde o cristianismo de porto em porto, logo, de próximo em próximo; o almirante Nelson diz que tirou desse texto sua vocação de marinheiro.

— *Júlio Verne faz com que seus heróis atravessem tanto continentes quanto oceanos. O mar pode ser hostil, os continentes são territórios de encontro, de aventuras e conquistas. Júlio Verne fala muito pouco da França e o planeta inteiro parece ser a sua aldeia. É isso que nos aproxima dele hoje?*

— O que nos separa... o que nos aproxima? Resposta fulminante: ligue seu computador e, na tela, qual programa aparece? O navegador! Mesma palavra; você precisa de um navegador para referenciá-lo nos sites de busca que põe para funcionar. A palavra "navegação" se impôs nesse contexto, de aproximação de coisas separadas. Isso quer dizer que hoje vivemos num espaço virtual, decerto, mas que reúne homens, estrangeiros, saberes, informação, um pouco como o mar aproxima ainda os marinheiros dados ao vento e à agitação das ondas.

* Évariste Régis Huc (Pai Huc), missionário católico, o primeiro europeu que entra em Lhassa (1849-1856), China, hoje capital do Tibete. (N.E.)

Mulheres

— *"Ao contrário do que sempre se diz, ao contrário das teses recentes, a mulher é sempre a heroína principal e a chave d'*As viagens [extraordinárias]." *A obra de Verne é um hino à grande liberação do desejo"* (Jouvences, *p. 95). Isso contradiz algumas idéias preconcebidas sobre as mulheres e o amor na obra de Júlio Verne! Estudos mais recentes e teses que recebemos no Centro restabelecem, de fato, o papel das mulheres em sua obra.*

— Sim. Alguns críticos dizem que ele exclui de suas narrativas as heroínas, como faz Tintim... Decididamente, eles não leram os romances! Desde o começo, desde a quinta ou sexta viagem, as mulheres aparecem e com freqüência desempenham um papel preponderante. Passada a aposta, depois ganha, junto aos membros do Reform Club, de dar a volta ao mundo em oitenta dias, eu me pergunto até se essa expedição não teria como objetivo principal ir em busca de uma mulher, conquistá-la, trazê-la de volta. Phileas Fogg, solteiro convicto, realmente salva essa hindu da fogueira de sua viuvez e a traz para Londres para se casar com ela. A história acontece em pleno imperialismo inglês. Esse Júlio Verne sem desejo, sem sexualidade, sem história de amor etc. não existe. Muitas vezes é um idílio o motor do romance.

Outro exemplo em que a mulher desempenha, talvez, até o papel de heroína principal: Michel Strogoff não parte em missão para libertar os povos das planícies além dos montes Urais; ao contrário, parte para oprimi-los um pouco mais sob a autoridade do czar[24]. Nada de liberação, assim como acontece nos romances de Nemo, em *Mathias Sandorf* ou em *O arqui-*

pélago em fogo... Tendo sido encontrada no caminho, Nadia se torna não somente a companheira de Michel, mas aos poucos seu guia (a história política se bifurca de repente num romance de amor)... guia e falso guia ao mesmo tempo, já que, cego pela espada de fogo, Michel continua enxergando, mas esconde o fato.... Em *Os amores de Psiquê* a iniciação acontece, também, sem que os amantes se vejam nem possam reconhecer-se e nas trevas da noite e ao longo da viagem. *Michel Strogoff* narra, do mesmo modo, uma iniciação cega no amor. Em *As índias negras*[25] também: acompanhado de comparsas, o noivo retira a heroína de uma mina duas vezes escura: de hulha obscura e trevas sem iluminação, de um subterrâneo onde ela vivera desde o nascimento, levando-a para fora da caverna, depois subindo até o cume da montanha da Escócia, de onde ela vê a aurora pela primeira vez. O mesmo tanto de viagens iniciáticas para três luzes: a do dia, a do conhecimento do mundo, bem como de sua beleza e, enfim, a do amor. Não esqueçamos o *Raio verde*[26].

— *Trinta e quatro das sessenta e duas* Viagens extraordinárias *contêm uma história de amor que acontece ao longo do enredo... Decerto, as mulheres muitas vezes se consagram ao devotamento; Paulina Barnett*[27] *e Miss Herbey*[28] *não estão apaixonadas, por exemplo. Alguns lhe dirão que muitas vezes a mulher apaixonada por um homem está ausente. Nadia é irmã e Marfa, mãe...*

— A segunda é realmente a mãe de Michel Strogoff, mas a primeira ele chama de "minha irmã" por metáfora afetiva.

— *Pela moral...*

— Naquela época, dizia-se comumente da mulher que se amava que era como a uma irmã ou a uma mãe. Posto isso, em

Michel Strogoff, Nadia tem a categoria de heroína. Não me venha dizer que é o chefe dos tártaros, Feofar Khan, o herói principal!

— *Não, não. São exatamente Michel Strogoff e Nadia. Essa metáfora da mãe, da irmã, ideologicamente, quer dizer o quê?*

— Michel vai para a Sibéria e ali encontra Nadia, como Phileas Fogg descobre sua bem-amada hindu durante a volta ao mundo. Um através do fogo da pira, o outro através da queimadura do sabre. Sabemos que não é assim que se conta nos romances. Os dois partem para uma coisa completamente diferente, uma aposta excêntrica ou o dever militar, e a mulher vem como benefício marginal. Mas quem não sabe que o marginal muitas vezes revela o essencial?

— *Nadia não suspeitava que apenas tais poderosas razões pudessem destruir um homem através de semelhante humilhação. Assim, indo até ele, como ele viera a ela na polícia de Nijni Novgorod:*

"— Tua mão, irmão! — diz ela. E, ao mesmo tempo, seu dedo, num gesto quase materno, enxugou uma lágrima que ia brotando do olho de seu companheiro[29]*."*

No entanto, essa maneira de catalogar as mulheres está bem longe de nós hoje...

— Hoje, no tempo, ou em outras partes do mundo? Não confunda a história com as longitudes. Ainda encontramos, aqui e ali, essa maneira de falar.

— *O próprio Júlio Verne não mais escreverá assim sobre elas, vinte anos mais tarde, em* A caça ao meteoro[30]*:*

"Mrs. Arcadia Walker e Seth Stanfort se vêem diante do juiz três semanas depois de sua união. Arcadia Walker abre fogo:

" — [...] eu acho que essa importante conversa pode se resumir numa única frase...

"— Qual?

"— É o que fazemos sabiamente, renunciando à vida comum...

"— Penso da mesma forma...

"— E que não somos feitos um para o outro.

"— A esse respeito, compartilho inteiramente sua opinião.

"— Seguramente, Senhor Stanfort, eu estou longe de desconhecer suas qualidades...

"— Aprecio as suas em seu justo valor, rogo-lhe que não duvide...

"— Acreditamos ter os mesmos gostos, não nego que os tenhamos, ao menos no que se refere às viagens...

"— E mesmo assim, Mrs. Arcadia, nunca entramos em acordo sobre a direção a tomar...

"— Com efeito, quando eu desejava ir para o sul, seu desejo era rumar para o norte...

"— E, quando minha intenção era ir para oeste, a sua era de ir para leste!...

"— Eu repito então o que lhe estava dizendo no começo: não fomos feitos um para o outro...

"— E só posso repeti-la, senhora, como no início dessa conversa, compartilho sua opinião.

"— O senhor vê, sempre tive uma vida independente, jamais segui outra lei senão a da minha vontade...

"Eu percebi, senhora, e, além disso, essa educação é a que recebem muitas moças americanas... Eu não a culpo nem aprovo, mas, enfim... ela não prepara bem para as obrigações do casamento..."

"[...] Deve-se mencionar que esse diálogo vai se tornando um tanto agridoce depois de ter começado um pouco irônico[31]."

A transposição de Édipo e Antígona em Michel Strogoff *e a leitura que o senhor faz sob a ótica da psicanálise de Freud o levam ao desfecho de um trabalho comparativo. O senhor parece se deslocar para isso com prazer, quase como um psicanalista... É um jogo, para o senhor, toda essa questão dos mitos? O senhor o experimentou ao escrevê-lo?*

— Confesso que um pouco e com humor. Isso margeia nosso assunto, mulheres e amor, mas toca nele: a psicanálise oferece uma facilidade, como um jogo construído de propósito para ganhar em todas as rodadas. Para todos os problemas levantados, uma mesma solução se repete e permite ter sempre razão. Em matéria de método, esse gênero de vitória é muito improvável. Por outro lado, o próprio objeto, a sexualidade, nos move o suficiente, nos transtorna até quando se trata de patologias para que não vejamos, cegos, a improbabilidade da mencionada vitória. Daí minha ironia. O que acabo de dizer vale para o Édipo comum, não para os mitos em geral.

— *Quando o senhor vê em* Michel Strogoff *"dois contos de crianças e para crianças, a distância entre Sófocles e alguma coisa como Conrad", o senhor conclui: "A palavra é de Freud se quisermos; ela permanece em Dumézil." O senhor poderia explicitar essa idéia?*

— A análise dos mitos que Dumézil fazia me parecia, na época, esclarecer melhor as questões que eu tinha em matéria crítica (aqui a respeito de Júlio Verne) do que os esquemas repetitivos dos psicanalistas. Por quê? Porque Dumézil tinha um comparatismo audacioso entre várias culturas indo-européias, que eu podia traduzir em termos estruturais. O método me parecia mais forte, mais convincente e acabava muitas vezes, não no repetitivo, mas no novo: enorme vantagem!

— A jangada *lhe inspira também a seguinte observação: "O texto suspende o desejo, ninguém nunca escreveu senão esperando fazer amor e porque não pode sempre fazer amor. Neste caso, porque ele jamais pode fazê-lo"* (Jouvences, *p. 218). No caso de Júlio Verne, relegado às leituras em família, é nítido. Mas então qual o erotismo de Júlio Verne?*

— Sim, voltemos ao desejo. Júlio Verne descobre em seus melhores romances o suspense. A palavra "suspense" é empregada [em francês] antes da apropriação de seu equivalente em inglês. "Suspense" quer dizer *espera*, sim, uma espécie de atraso na realização do desejo. Assim, *A jangada* me parece um romance "suspendido". O barco assim denominado desce tão lentamente o Amazonas, que não se cessa de esperar, esperar, esperar... A lenta e longa navegação retarda, retarda, retarda... a descarga energética emocional. E como se trata de um barco carregado, acabo por compará-lo àquele peixe do gênero torpedo*, com descarga elétrica, encontrado no Amazonas. Platão e Sócrates gostavam dessa comparação, eu acho.

Mas, a esse respeito, a obra-prima do suspense se chama *O Chancellor*. Novamente um barco, mas ao qual sucedem todas as fortunas ou infortúnios possíveis do mar. Analisei longamente essa pequena narrativa em *Jouvences* mostrando que todas as posições nas quais o navio pára descrevem figuras de semi-equilíbrio. Assim que eram rompidas por uma mudança repentina ou uma circunstância imprevisível, já estamos numa outra espécie de equilíbrio, longo, como se o tempo ficasse inteiramente suspenso em um instante pressentido como fatal. Será que o barco vai naufragar, os marinheiros e passageiros irão

*Treme-treme. Tipo de arraia que, após o choque que causa, deixa a vítima paralisada. (N.E.)

morrer? Sim? Não? Ficamos no patamar do perigo máximo durante muito tempo e depois acontece uma catástrofe. Então retorna uma situação de pior equilíbrio na qual um perigo maior ameaça, mas que não se realiza, e de novo acontecem uma catástrofe e um perigo, sempre maior... Fogo de combustão lenta, maré alta, revolta, naufrágio sem afundamento...

Para que se compreendesse esse "suspense", eu o comparara a uma queda de corpos muito particular. Uma bola de chumbo cai no solo: a descarga de energia (ou de desejo) é total, imediata, a mais rápida possível, pelas vias e os tempos mais curtos. Observe, ao contrário, como desce uma folha morta, no outono: ela plana, depois se destaca e volta a planar, destaca-se de novo e continua a voar. Óbvio que vai cair na terra. Mas retarda sem cessar sua queda definitiva. Suspende a descida como a narrativa de um bom romance. Dir-se-ia que ela cai por vias e tempos, não os mais breves, como os da bola, mas por caminhos e durações o mais longos possível. E nesse ponto, como acabo de dizer, Júlio Verne acumula modelos de energia: térmicos — o fogo, os explosivos —, hidráulicos — a maré alta, a falta de água doce, o equilíbrio instável do casco meio afundado, o curso do rio, a potência de sua corrente de estuário —, vitais — aqueles corpos encurvados e claudicantes —, coletivos — a tripulação, grupo de náufragos... todas essas suspensões da queda, essa suspensão longa da conclusão e do salvamento simulam, em termos de energia, a suspensão do desejo. Há outra maneira de escrever-se uma boa narrativa senão um equilíbrio em desequilíbrio e portanto um desejo contido?

— *Em* O testamento de um excêntrico, *no amor, o milionário é vencido pelo poeta. O senhor escreveu que o "primeiro desposa o duplo jupiteriano (Jovita) do objeto de desejo". O segundo, Max Real, o poeta, toma o objeto do desejo, a sedutora Lissy Wag.*

Acima de tudo, é a vitória real do poeta sobre a vitória ilusória do milionário. É também a história real de Júlio Verne, que foge de Nantes, sua cidade natal, porque lhe recusaram, a ele, um poeta, a mão daquela que amava, uma moça da burguesia local. Qual é a força do poeta para ganhar no amor?

— Tente! Quanto a mim, escrevi muitos poemas... Infelizmente, não funcionou! Para Júlio Verne, o amor não está do lado do dinheiro, nem do saber.

— *Essa perda inicial da mulher, da primeira mulher amada aos vinte anos... Não haveria em Júlio Verne, a partir daí, uma nostalgia transformada em motor de conquistas? Uma necessidade de vencer, de provar que se é o melhor?*

— Se a beleza ou o sucesso de uma obra pudessem ser explicados pelas vinganças ou revanches, contabilizaríamos muitas obras! (Risos.) Os ajustes de contas produzem ajustes ou contas, mas não obras: não há nenhuma medida comum entre essas causas (ou acusações, mesma palavra) e o efeito. Como motivações, motores de baixezas poderiam produzir obras elevadas?

— *O senhor encontra a mulher em* O castelo dos Cárpatos. *"Quando a floresta acaba [...] no jardim da ópera, o jardim onde se passeia, o jardim da Stilla*, o jardim da mulher. [...] Eis aqui a Stilla, gota de luz onde os raios se refletem." Mas é uma mulher fantasma, morta e inexistente, morta antes do início da aventura. "Eurídice não voltará mais", o senhor diz... Acha que o amor esteja perdido em* As viagens extraordinárias?

— Minha estima por *O castelo dos Cárpatos* tem duas razões. A primeira: aparece pela primeira vez uma verdadeira

* Da palavra "stillation", em francês, e "instilação", em português, "fazer correr gota a gota". (N.T.)

antecipação, embora em Júlio Verne, haja de fato muito poucas previsões. Trata-se da primeiríssima imagem da televisão. Sim, verdadeira previsão — mas dentro da linha das *Viagens* — com relação aos meios de comunicação.

Por outro lado, Júlio Verne faz reviver ali o mito de Orfeu. Aquela que reaparece, depois de morta, na tela, essa Stilla, cantora mágica, que desaparecerá novamente, quando já passado o que hoje se chama de emissão, é Eurídice, e Eurídice, no mito de Orfeu, ressurge depois da morte; depois desaparece outra vez quando Orfeu olha para trás. Lembra-se disso? Desaparição, reaparição e nova desaparição... nos dois casos. Em *O castelo dos Cárpatos*, a cena final solda a descoberta, racional e técnica, do aparelho de projeção com uma emergência comovente e poderosa, uma reaparição do mito órfico. Eu comecei dizendo que Júlio Verne conjuga a energia dos mitos com as forças racionais da ciência. O adjetivo plural *extraordinárias*, no título comum a todas as *Viagens*, designa, a meu ver, esse curto-circuito. A Stilla, gota de luz, brilha ao mesmo tempo para sair dos Infernos ou da morte e para reaparecer na aparelhagem ótica.

— *O que são essas mulheres secretas, ausentes, entre as linhas, fantasmas?*

Todas as palavras latinas em "-or" deram palavras francesas em "-eur", menos uma, que é exceção: de "amor" seguiu-se "amour"... Por quê? Da língua *d'oc**, os trovadores inventaram

* Primeiramente, há que se considerar que a terminação em "-eur" é mesmo tipicamente francesa para a derivação do latim de que fala Michel Serres. No português as mesmas palavras originaram outras terminando em "-or" mesmo. Assim, a palavra "amour", que se constitui numa exceção na língua francesa, não merece a mesma ressalva em português. Deve-se considerar, conforme a análise de Michel Serres, seu valor excepcional no contexto em que a insere. Com relação ao "amor cortês", forma poética de idealização da mulher

a palavra e a coisa; ora, nos poemas cantados, a mulher amada designa uma princesa longínqua. Ausente. O cavaleiro busca uma princesa que sempre lhe foge, que é inacessível. Júlio Verne retoma esse tema que data da invenção do amor cortês, tal como o apreciamos — e praticamos — no Ocidente, desde os trovadores.

— *E a palavra é etimologicamente uma exceção.*

— Sim, em *langue d'oc*, as terminações em "-our" substituem as terminações em "-eur" do francês *langue d'oïl*. Assim se diz "troubador" e "amour" em *langue d'oc*; dir-se-ia "ameur" em *langue d'oïl*?

— *O amor é também uma exceção?*

— "A ausência está para o amor como o fogo para o vento; extingue o pequeno, acende o grande." Bussy-Rabutin canta, nessas estrofes, a chama errante, nunca presente. Quando Júlio Verne celebra a mulher ausente, inacessível e sonhada, ele retoma um tema recorrente.

— *O senhor vê o mito de Orfeu em* O castelo dos Cárpatos *e o vê no* Testamento de um excêntrico, *mas não em* Mathias Sandorf. *No entanto, quando o senhor escreve a respeito de Orfeu, escreve sobre o barão de Gortz, senhor de* O castelo dos Cárpatos: "*Ele é o senhor, aquele que vê a morte mais de perto do que qualquer um e que lhe faz baixar os olhos*", *isso conviria ainda melhor a Mathias Sandorf que, ele sim, faz renascer o jovem Étienne*

amada, foi muito difundida desde a Idade Média com os trovadores, sobretudo na região da Provença (sul da França), onde sobrevive ainda uma língua derivada do latim, a chamada "langue d'oc". Em oposição a esta, havia a "langue d'oïl", falada mais ao norte do país e da qual acabou por originar-se o francês contemporâneo, sem desprezar as inúmeras outras influências. Literariamente, o Norte da França foi mais marcado pelas canções de gesta, narrando feitos bélicos, enquanto o Sul e na região do Languedoc pela poesia cantada, os trovadores e, finalmente, o "amor cortês". (N.T.)

Batori graças a medicamentos orientais secretos. Sua divisa é: "A morte não existe, ela só torna invisível." Que significa "fazer a morte baixar os olhos"?

— Que o senhor tenha coragem de enfrentar a morte mais perto do que qualquer um que se tenha por conseguinte tornado escravo; aí está um raciocínio que não me pertence, mas a Hegel, autor da famosa dialética do senhor e do escravo. Esse raciocínio vem desde a Antigüidade. Pode rir como de um filósofo mata-mouros. Pior: cães selvagens australianos ou leões-do-mar, assim se comportam os machos dominantes diante dos dominados; a hominização veio, vem e virá do apagamento progressivo dessas condutas. Choremos, então, como uma filosofia anterior ao advento do homem.

O eterno retorno

— *A circularidade do globo, os meridianos e os paralelos que são pontos de referência sem* As viagens extraordinárias *fazem-no sempre voltar à circularidade da vida, na qual tudo parece ser o recomeço. Eu não tenho a impressão de que haja uma superposição dessa circularidade física do globo e do universo humano que Júlio Verne descreve. Esse universo não me parece tão fundado no recomeço quanto numa projeção incessante no futuro; é o anel de um recomeçar, mas é também outra coisa, é o homem faustiano que Julien Gracq sublinha quando fala de Júlio Verne*[32].

— Não creio. Julien Gracq não foi o único a notar o que o senhor diz. Depois dele, muitos outros críticos repetiram, com efeito, que os heróis de Júlio Verne iam adiante e que apenas a linha reta lhes interessava. Vejamos... aprendamos primeiro um pouco de geometria! No globo, se caminhar em linha reta por muito tempo, você vai voltar ao ponto de partida: o mapa-múndi representa uma esfera. Por mais reto que você vá, acabará por fechar um anel, inevitavelmente!

"Com a mão na esfera que representa a Terra, Énogate desenha com um dedo insolente o trajeto da viagem:

"— Olha — diz ele sorrindo —, isso faz um círculo... Você viajou em círculo.

"— Em círculo?...

— Sim, meu amigo... Uma circunferência... Uma viagem circular...

"— Circular! — surpreende-se Juhel.

"E ele se levanta... Dá alguns passos no quarto, repetindo essa palavra:

"— Uma circunferência... Uma circunferência!...

"Volta para o globo e, de repente, exclama: — Achei!..."[33]

Coisa também válida no sistema solar, e então verdadeira não somente nos ciclos de circunavegação, mas também nas viagens espaciais. Curvo, o espaço levanta toda a contradição entre a linha reta e o retorno ao ponto de chegada. Em Júlio Verne, essa evidência espacial une os pontos de vista social, erudito e histórico. Na grande epopéia que *A ilha misteriosa* e os romances associados desenvolvem, trata-se o tempo todo do progresso — simbolizado este por um engenheiro, por uma longa seqüência de descobertas, por mil melhorias realizadas sem trégua, condições de vida... Sim, tudo até aí corre e se desenvolve para a frente, mas, no fim das contas, tudo pára por causa do surgimento, no final, de uma erupção vulcânica que destrói a ilha de cima a baixo.

Júlio Verne chegou até a uma conclusão do conjunto de sua obra com *O eterno Adão*[34]. Todos os progressos que se pôde promover dos pontos de vista técnico, social e político levam a uma regressão rápida e brutal, ou lenta e contínua, que trazem a humanidade global a seu ponto de partida. Pouco a pouco, todos os progressos nos utensílios, cultura, família, alimentação etc. cessam e retornam ao ponto mais baixo.

Local ou global, a narrativa de Júlio Verne faz ciclo e círculo como o universo positivista em Augusto Comte. As viagens na Terra, as viagens no tempo, no espaço astronômico, a história das sociedades ou até a evolução do animal humano voltam ao *eterno retorno*. Você pode até tornar similares as aventuras de um cientista progressista e descobridor, o Cyrus Smith de daqui a pouco, com as aventuras de um cientista maluco que destrói tudo, *A ilha misteriosa* e *Robur, o conquistador*[35]. Os romances positivos e os romances policiais sobre a ciência se conjugam em círculo.

— *A conquista da Lua e, vinte anos mais tarde, os mesmos cientistas que querem destruir uma parte da Terra no romance* De cabeça para baixo[36]...

— Sim. É a completude de seu mundo circular e de sua história cíclica. Do ponto de vista da ciência ou da técnica, dos pontos de vista cultural, histórico e social, é a mesma conclusão.

— *O senhor volta várias vezes a essa questão do fechamento. Diz num determinado momento: "Desde Laplace, homem do fechamento, o mundo é um sistema estável onde qualquer variação retoma o invariante, sob a legislatura do círculo. Verne traça ingenuamente os caminhos de Laplace".* (Jouvences, *p. 97.) E mais adiante acrescenta que "o círculo, o* feedback *programado por Comte e Nietzsche são realizados por Verne em imagens espontâneas" (p. 279). Uma primeira questão: O que são esse círculo e esse* feedback *e o que trazem suas imagens espontâneas de Júlio Verne para a ciência e a filosofia?*

— Duas respostas: primeiro, sobre Laplace. Sua cosmologia mostra que o sistema solar, estável, obedece a leis de invariantes por variações, daí o fechamento. Mas sua cosmogonia avança, ao contrário, a hipótese de uma nebulosa quente que evolui resfriando-se. O círculo de novo. A longo prazo, a longo termo, as evoluções progressivas chegam a um ápice e descem novamente. Júlio Verne dá freqüentemente essa função, construtora e destruidora, a um vulcão. Pela erupção, faz emergir uma ilha, constrói um atol, mas acaba por destruí-los, numa outra erupção, assim como aniquila a ilha misteriosa... Para a teoria do eterno retorno, argumentada também às vezes em Nietzsche, por meio da termodinâmica, eis uma imagem gigante e natural do fogo. Em outras palavras, o eterno retorno reproduz, por evolução do calor (cosmogônico em Laplace), o círculo cosmológico.

— *Esse fenômeno volta, aliás, em três romances e se apóia no fato real da ilha Júlia, que apareceu no Mediterrâneo durante uma erupção submarina e submergiu num novo abalo sísmico alguns anos mais tarde. Júlio Verne o utiliza como um acontecimento dramático*[37].

— Exatamente. O exemplo, mais arcaico, de Santorini (Théra, em grego), onde uma gigantesca erupção vulcânica devastou a civilização minóica, há mais de um milênio, sacudia, na época, os espíritos, primeiro porque uma outra erupção ali acontecera em 1856, mas também porque, sob direção de

Ferdinand de Lesseps, os construtores do canal de Suez ali extraíam a pozolana* para revestir o fundo do canal e torná-lo impermeável. Maravilhoso exemplo, que associa as perfeições culturais do minóico** e os progressos técnicos recentes, de um lado, aos ritmos das catástrofes destrutivas, como que em simetria.

Júlio Verne baseia a história, a evolução das sociedades ou até a evolução da ciência nas leis da termodinâmica, que eram muito importantes em sua época. Ele associa a nova idéia de entropia à ideologia do progresso: nos anos 1880, depois de Mayer, alguns dizem que o mundo e a história estão submetidos à entropia crescente; os homens e o mundo "morrerão de frio" — diziam — em razão da degradação da energia...

— *A questão da entropia crescente está ligada ao fenômeno do fechamento?*

— A entropia só vale, de fato, para os sistemas fechados. Naquela época, ela levou a pensar a decadência, idéia muito em moda entre os anos 1860 e o fim do século. Progresso mais entropia igual a círculo ou ciclo. Será preciso esperar Poincaré para achar outra maneira de pensar.

— *Quer dizer que esse fenômeno cíclico ao mesmo tempo geográfico, geométrico, energético e histórico é o fechamento?*

— Sim! Júlio Verne termina, repito, com O *eterno Adão*, cujo título quase que exprime esse eterno retorno: eis o homem novo que volta sem cessar, progride, entra em decadência e morre. O vulcão dá a versão mundial, terrestre, energética desse retorno.

— *É o eterno retorno de Nietzsche?*

---

* Produto de origem sedimentar vulcânica encontrado nas imediações de Pozzuoli, Itália, e que, misturado com cal, se usa como cimento hidráulico. (N.T.)

** Relativo à época do rei Minos, na antiga Creta. (N.T.)

— Concebido por Kant em sua *Teoria do céu*, esse eterno retorno se encontra em Augusto Comte, bem antes que Nietzsche o enuncie. Uma enorme ignorância da história das ciências o atribui exclusivamente a este último. Não, ele não o inventou. Júlio Verne faz parte de um movimento bastante amplo, visto que ocupa mais de um século — do fim do século XVIII ao fim do seguinte —, segundo o qual esse modelo permite associar o progresso à decadência fatal ligada à entropia: cada um toma metade do ciclo!

— *O senhor destaca os efeitos positivos dessa entropia, especialmente a curiosa metamorfose operada por Júlio Verne em* O país das lãs. *Ela concerne à atitude dos animais para com os homens: "Sem receio eles se aproximam da paliçada, que não serve mais para nada, eles se reconciliam, familiarizados. Não se afastam mais da casa dos homens. Metamorfose da fauna no silêncio das armas. O urso se tornou bom e salva a jovem esquimó das águas. [...] Os animais selvagens não são domesticados, são da família. Quando a terra é uma prisão, não há grade para os animais. A grade é recuada aos limites coletivos, para todos e não entre cada um. Arminhos, linces, castores, ratos, martas, lontras, lobos, a caça está fechada, a economia de exploração está morta"* (Jouvences, *pp. 181-182*).

Em Hominescências, *o senhor retoma longamente a questão de nossa relação com os animais. Ela parece até comandar o capítulo central do livro, dedicado à nossa antiga e nova casa comum. É uma revolução entre duas comunidades, o senhor a vê explicitamente desembocar numa revolução econômica... É um recomeço do ciclo ou uma metáfora do fim utópico das violências?*

— Essa reconciliação dos animais dá uma imagem estranha do eterno retorno e da sociedade humana que o vive. De uma certa maneira, *O país das lãs* conta *A ilha misteriosa* ao contrário. À deriva sobre um bloco enorme de gelo recoberto de terra, como se se tratasse de uma ilha flutuante, os heróis do romance estão constantemente correndo o risco de naufragar, não num barco como o *Chancellor*, mas numa formação tão natural quanto o mundo. A ilha flutuante, à deriva, corre os mesmos perigos que o mundo, ela oferece um modelo reduzido dele. Qual o perigo? Ela afunda e está ameaçada de ser engolida. Novamente a entropia. As pessoas se portam nessa ilha ao contrário dos heróis engenheiros de *A ilha misteriosa*. Esta constrói, passo a passo, a emergência de uma civilização, com seus progressos técnicos, industriais e seus modos de vida sofisticados. Mas em *O país das lãs*, a ilha que desce as latitudes através do arquipélago das Aleutas afunda e vai fatalmente desaparecer. A narrativa põe em cena a entropia, simétrica, do progresso. O fim do século XIX estremece à idéia de que a entropia crescente ameaça o mundo.

A ilha e seus habitantes, metáforas do mundo, prosopopéias do mundo, correm o risco de morrer. Ora, em fase ascendente, durante os progressos de *A ilha misteriosa*, os homens massacram os animais por causa de seu pêlo; por sua vez, os animais, para se defender, atacam os homens... Em fase descendente, na regressão de *O país das lãs*, sua conduta e a nossa se invertem e todos se reconciliam, os animais selvagens são colocados em torno da fazenda, como se tudo parasse. A imagem terminal, no momento de morrer, reproduz a imagem inicial, a do paraíso terrestre: o Éden final repete o jardim inaugural.

Não esqueça que em mais ou menos dois séculos todas as espécies com pêlos foram quase exterminadas no Grande Norte. Eu não sei mais quem avançou até a hipótese de que a América do Norte teria sido descoberta para a procura de animais com pelagem já erradicados na Sibéria por causa de uma caça intensa. Passemos... No momento em que a ilha desaparece, a imagem do paraíso terrestre reaparece: eis Adão no meio dos animais. A imensa, emocionante, a revolucionária reconciliação dos animais caçados reproduz a mesma cena, quando o mundo morre, no lugar canônico onde ele nascera. O fim de *O país das lãs* mostra esse idílio pacificado: o círculo se fecha. A ilha em decadência volta a ser um paraíso correspondente ao início da ilha prometida ao crescimento, depois à destruição. O mundo de Júlio Verne se fecha realmente: para um romance feito em progressão, encontre então o romance simétrico em decadência.

Queira notar, por favor: em *O país das lãs*, o herói se chama Black...

— *Sim, não é o herói, é o astrônomo...*

— Nascido em Bordeaux, filho de pais escoceses, Joseph Black, químico inglês, estudou, um dos primeiros a fazer isso, fenômenos do calor. Uma lei, que se diz ser de Black, é a respeito do resfriamento e da fusão. O que há de surpreendente se Júlio Verne chama Black o astrônomo de um romance em que afunda uma ilha de gelo? Esse nome próprio assinala a tese entrópica ilustrada no romance.

— *A pressão da entropia em sua época é maior do que na nossa?*

— Obviamente, se nossos modelos cosmogônicos levarem em consideração, o grande público fala muito menos disso do que as "mídias" do tempo de Verne. O universo caminha para o que se chama Big-Crunch. A entropia mais a atração o levam, com efeito, a uma singularidade simétrica àquela do Big-Bang. Este é o estado contemporâneo do ciclo em questão; mas, claro, trata-se de um modelo entre outros. Temos, é provável, milhares de anos de espera antes que aconteça isso...

O senhor sabe, também, que na época de Júlio Verne muitos compartilhavam da idéia de que os fenômenos sociais se baseavam em fenômenos naturais? Pode-se ver isso em Augusto Comte. Fourier aplicava a atração de Newton até às relações amorosas... o que quase não deixava chances aos magros!

— *"A partir de Laplace e Hegel, a busca da totalidade tem tomado somente os rumos da circunavegação. O círculo dos círculos. Do espaço ao saber, a seqüência não é ruim"* (Jouvences, *p. 98). O senhor poderia explicitar essas referências implícitas que retomou amplamente em* Hominescências *quando falou da busca da totalidade?*

— Júlio Verne faz passar a maioria de seus heróis pela totalidade dos espaços do mundo e pela totalidade do saber. Da geometria à mecânica, da mecânica à física, desta à astronomia. "Enciclopédia" quer dizer "o ciclo do saber". A própria palavra tentava descrever um círculo, como a palavra "esfera terrestre". *As viagens extraordinárias* poderiam ter-se intitulado "Emciclopédia" — universo, esfera terrestre, tempo cíclico. Como acabo de dizer, Laplace descreve o sistema do mundo como invariante por variações, o que generaliza novamente a mesma idéia.

— *Mas é possível escapar ao círculo? Pode-se abandoná-lo sem voltar a ele? A circularidade é realmente um dado constante da humanidade? O que fazemos não é sempre recomeçar?*

— Ah, não digo isso como se a idéia fosse minha. Não se trata de maneira alguma de uma opinião pessoal. Júlio Verne pensa assim, eis tudo. E esse modelo, muito comum na época, vem do fato de a cultura científica e até às vezes a popular ser influenciada, impressionada mesmo, pela descoberta da entropia. A idéia contemporânea de decadência vem daí.

— *Júlio Verne assim disse e o senhor não o diz?*

— Não. Eu citei antes Kant, Laplace, Augusto Comte, que o dizem, como Nietzsche um pouco mais tarde; Júlio Verne põe em cena a teoria deles, eis tudo. Esse modelo do mundo e da história tem uma existência relativamente curta no fim do século XIX.

— *Eu não encontrava essa idéia em* Hominescências...

— Por que eu o diria? Trata-se apenas da visão de mundo dos positivistas e dos energetistas. O fim do século XIX reencontra esse fechamento. Por que eu compartilharia dessa idéia? *Jouvences* faz muita crítica literária e um pouco de história das ciências no século XIX, enquanto *Hominescências* descreve realmente o que eu penso hoje e para meus contemporâneos. De fato, nosso mundo tem poucas coisas em comum com aquele de que estamos falando.

— *Quando nos aproximamos de Júlio Verne e tentamos compreender a totalidade de sua obra, as oitenta* Viagens, *percebemos que ela é...*

— ... coerente.

— *Sim, é coerente, volta-se sobre mesma e busca fechar-se. É uma vontade globalizante, totalizadora — numa forma mais moderna, diríamos "mundializante"... Mas há sempre a tangente. Em* Hominescências, *o senhor dá a impressão de que hoje o homem tem identidades múltiplas e paralelas, até os ciclos humanos se apresentam mais em estrela do que numa forma linear, circular.*

— Eu repito: quando estou falando de Júlio Verne, é de Júlio Verne, da ciência e das idéias de seu tempo. Quando escrevo *Hominescências*, escrevo sobre mim mesmo e para meu tempo. Outrora, estava fazendo crítica; agora estou escrevendo sem fazer citação. Isso não significa nenhuma tangente: nós não temos de escolher entre reta e círculo! Obviamente, isso simplificaria as coisas tão mais contingentes e complicadas. Abandonamos há muito tempo essas duas formas simplistas. O *Tiers-Instruit* [O Terceiro Instruído] já fala de um Arlequim[38]. Ora mais adulto, nosso mundo deixou a infância do berço circular e ritmado, assim como a adolescência grandiloqüente dos modelos literários.

Viagens iniciáticas

— *Primeiro, façamos uma distinção para entender o que vem a seguir, em algumas palavras: que diferença o senhor faz entre mitologia e religião? E qual acepção dá ao termo "religioso"?*

— Pode-se facilmente esclarecer a diferença entre mito e religião. Comecemos por um pouco de história: o século XVII proibia, como se sabe, que se representassem as histórias santas no teatro. Para montar *Polyeucte* ou *Athalie*, Corneille e Racine desafiaram essa proibição. Por que essa regra? Trágicos ou cômicos só podiam encenar história de sentido usual ou narrativas que a língua francesa chamava, na época, de "fábulas": a fábula de Édipo, a de Anfitrião... O que chamamos hoje "mito", a época clássica considerava como fabuloso. *Falsa, a fábula se opunha à religião, verdadeira.* A religião cristã, monoteísta e verdadeira, opunha-se então às religiões antigas, politeístas e produtoras dessas fábulas, falsas. Nós dizemos ainda "fabular" para julgar um mentiroso, alguém que propaga certas fofocas. Eis a palavra, de origem latina, que traduz, por exemplo, La Fontaine. A palavra "mito" é, ao contrário, grega. No fim do século XVIII, os primeiros antropólogos alemães começam a nomear "mitos", o que essa tradição da língua francesa chamava de "fábulas". O termo "mitologia" significa, a partir do fim do século XVIII, com Schelling, por exemplo, a ciência dos mitos. Deve-se considerá-los como falsos ou verdadeiros?

Sempre com conotação de "falso", a palavra latina "fábula", corrente na tripla tradição latina *(fabula)*, francesa e católica, opõe-se à religião, "verdadeira" porque revelada. O termo "falso" tem aqui um sentido de "fabricado", como para um quadro, uma nota ou um manuscrito falsificados. Em matéria de divino, tudo o que o homem faz ou fabrica, a religião revelada considera falso; por sua vez, a revelação garante o verdadeiro, já que o revelado não é nem dito nem feito pelos homens. A falsidade da fábula vem então do fato de contar coisas que nós, homens, inventamos. Na época de Schelling, a antropologia, nascida na Alemanha mais do que de tradição francesa, preferindo a língua grega por oposição ao latim, e protestante em reação ao catolicismo, leva de repente a pensar que aquelas fábulas, nem tão falsas se analisadas de perto, poderiam até exprimir conteúdos culturais, sociológicos, políticos... interessantes e profundos, entre outros, para a psicologia que também estava nascendo naquele começo de século XIX. Essas novas "ciências humanas" começam a metamorfosear as ditas fábulas em mitos. Então a palavra "fábula" regride pouco a pouco, mesmo na língua francesa.

Essa virada me parece ainda mais importante por ser pouco conhecida: enquanto as fábulas diziam o falso, os mitos, que não passam de velhas fábulas, de repente, se tornam verdadeiros. *O falso se torna verdadeiro.* Em outras palavras, a mesma história, a de Édipo, por exemplo, considerada falsa no século XVII, já que é oposta à religião revelada — considerada, por sua vez, verdadeira —, se torna verdadeira a partir do fim do século XVIII e o início do XIX, porque a antropologia, a psicologia, enfim, as "ciências humanas" a contam de novas maneiras: todo mundo se reconhece em Édipo, herói que representa, simboliza, resume, por seu destino, uma das propriedades da alma humana. Conseqüentemente, por efeito de simetria, a religião cristã, outrora considerada verdadeira, se torna falsa sob o olhar das novas verdades. *O verdadeiro se torna falso.* Pode-se afirmar que essa virada não tenha sido desejada e programada? Como saber?

O que chamamos de "mito"? Uma narrativa que começa por ser falsa, porque criticada pela religião cristã ou, se quiser, por um monoteísmo que venceu os politeísmos antigos, e que, de repente, no século XIX, se torna verdadeira porque a consideraram capaz de exprimir conteúdos antropológicos. Naquele momento, a religião cristã, os próprios monoteístas, começam a recuar na Europa. Hoje, você faria rir se julgasse os mitos falsos. Ora, até o romantismo alemão a maioria dos filósofos considerava as histórias como ilusórias e risíveis.

— *Tem-se sobre eles menos juízos de valor do que sobre as religiões...*

— Não! O juízo de valor implícito sobre os mitos continua a ser muito poderoso, pois são considerados como nossos fundamentos antropológicos. Não se pode dizer que não se julgam seus valores.

— *Eu não disse isso absolutamente; ao contrário, o mito parece estar acima do julgamento. Ele representa algo de indiscutível, como era indiscutível a religião para aqueles que acreditavam... não se lhe julga o valor.*

— Ah! Mas se julga! Diga hoje em dia que uma criança tem complexo de Édipo: todo mundo pensará que você está falando com conhecimento. Mas se disser que ela ama sua mãe como Jesus amava a Virgem, o mesmo público vai rir. Em *Hominescências*, justamente, a respeito da clonagem das relações de parentesco, descrevo longamente a Sagrada Família e a desconstrução, pelo golpe ultramoderno, das ligações de sangue que a genealogia antes implicava. A maioria dos críticos me perguntou se eu estava falando sério e, se sim, para voltar logo a Édipo. Século da razão por excelência, o século XVII considerava que o monoteísmo continha operadores racionais poderosos próprios para criticar as ditas fábulas; a era cristã emergiu criticando o politeísmo pagão por meio de argumentos racionais. Por isso, as fábulas, irracionais, pareciam tão falsas quanto os falsos deuses inventados pelo paganismo. A virada que acabo de descrever aconteceu na passagem dos séculos XVIII e XIX. Até o século XVII, o religioso critica o fabuloso; a partir dessa passagem, os mitos criticam o religioso. A diferença entre mito e religião é então historicamente clara e, além do mais, decisiva, pois estão em jogo o falso e o verdadeiro.

A partir do século XIX, os filósofos, os escritores, os próprios jornalistas usam habitualmente os mitos para tornar claros os seus argumentos. Antes dessa data, tidos como irracionais e obscuros, os mitos deviam ser explicados, podiam ser criticados. Agora os mitos se tornaram operadores de explicação. Em vez de ser a coisa a ser explicada, eles explicam.

— *Eles constituem, com o religioso, uma boa parte de nosso inconsciente coletivo. Como distinguir o liame social que constitui o inconsciente coletivo religioso de uma espiritualidade secularizada pela Igreja?*

— Sua frase dá um exemplo brilhante do que estou dizendo: o termo "inconsciente", que data mais ou menos da mesma época, parece-lhe científico e explica o religioso, como uma evidência esclarece um elemento obscuro. Não se pode facilmente inverter esse ponto de vista?

Voltemos à religião e tentemos agora refletir sobre a etimologia da palavra. Os eruditos não sabem se "religião" vem de *ob-ligare* (obrigar), isto é, de *ligare* (ligar pelo liame social), ou de *re-legere* (reler um texto e interpretá-lo indefinidamente). Hesitam entre os dois. Ora, que a religião funcione exclusivamente para fabricar vínculo social me parece uma opinião corporativa de sociólogo, exterior à religião. Napoleão, por exemplo, pensava isso como muitos autores contemporâneos. Mas isso é uma opinião, e política, além do mais. Em caso de desordem, os conservadores se precipitam de novo para a religião, para cuidar da crise e recriar o vínculo social. Nós assistimos hoje a essa repetição. Rápido, rápido! Vamos ensinar de novo a religião na escola para evitar que os vagabundos destruam carros e vamos recuperar o civismo perdido.

Ora, isso é verdade, justamente, nas religiões antigas, as que a religião cristã considera falsas; sim, elas fabricavam liame social e o confessavam de fato: havia uma religião por cidade. Atenas tinha o nome de Atena; melhor ainda, o politeísmo grego distinguia a deusa da justiça, Têmis, o deus dos mercadores, Mercúrio (ou Hermes), aquele e aquela dos marinheiros, Netuno e Anfitrite... um deus e uma deusa para cada profissão, cada cidade, cada função. O deus simbolizava o liame social ou equivalia à sua formação. Durkheim partilha dessa idéia de religião quando estuda as sociedades primitivas. Ora, o monoteísmo, judeu, islâmico ou cristão tende a destruir, creio, esse projeto, ao menos em princípio. Pois nele a transcendência tem cada vez menos relação com o grupo local, de modo que a religião tende, aos poucos, ao estabelecimento de um sujeito universal. Na Bíblia, por exemplo, a imanência do vínculo social no povo eleito se desfaz cada vez mais à medida que se progride no tempo. E, no Novo Testamento, Cristo acaba por dizer: "Dai a César o que é de César e a Deus o que é de Deus." Ele ensina então a zombar da política ou, ao menos, a dedicar-lhe somente metade da vida.

Ora, os mitos retomam na época contemporânea essa idéia da religião constitutiva do liame social e oriunda da Antigüidade, abandonada, ou ao menos relativizada, pelo cristianismo. Pode-se adotar ou rejeitar essa tese sobre a religião, não necessariamente correta. E se, como pensavam nossos predecessores, ela se mostrasse falsa?

— *Ela substitui o vínculo social antigo pela universalidade?*

— Quando a religião cristã recomenda dar a César o que é de César e a Deus o que é de Deus, a preocupação com o liame social desaparece, ao menos em parte. Ao contrário, cada vez que o monoteísmo recai no politeísmo e seus mitos, o que é freqüente, ele refaz o liame social. Mas o senhor tem certeza de que a religião só serve para dar liga a uma boa maionese coletiva? Não bastaria, para isso, um torneio de futebol? Evidentemente, essa solução carece de alcance temporal: o suflê logo murcha de novo.

A etimologia que proponho, em geral, para "religioso" parte de sua negação. Ora, aquele que nega o religioso é chamado de "ateu" pelos outros e por si mesmo. Então, de novo, o "religioso" tem um prefixo "*re-*" e essa raiz "-lig-", um pouco difícil de compreender, como dissemos. Para negar a religião, suprima então esse prefixo e substitua pela própria palavra "negação"*: *neg-lig-ência*. A palavra "negligente" exprime o contrário de religioso. Em linha direta na nossa língua*, aquele que nega o religioso, o ateu, entrega-se a uma negligência, ele negligencia alguma coisa. Só se preocupar com o vínculo social faz negligenciar alguma coisa de essencial no religioso.

— *Quando o senhor diz que "em Verne, a marcha para o centro se transforma em viagem iniciática, cuja tonalidade religiosa é sempre perturbadora", ao que se refere com "tonalidade religiosa perturbadora"?*

— Sim, nós teremos de falar disso quando tratarmos da transformação das narrativas umas nas outras. Júlio Verne, como vimos, estabelece vários mapas: o mapa-múndi espacial e o da enciclopédia. Partamos, por exemplo, em direção ao cabo da Boa Esperança, atravessando o espaço físico e geográfico, por desertos, montanhas e vales, mas dirigindo-nos também para um destino preciso em que se encontra um fio faltante numa trama do saber; por exemplo, em *As aventuras de três russos e de três ingleses*, os seis viajantes atravessam o deserto do Calaári, na África do Sul, para medir um arco de meridiano, façanha que concerne a um domínio específico da enciclopédia: o problema da forma, da superfície e do volume da Terra. Essa viagem dupla reencontra assim, como habitualmente, e decalcados um no outro, o espaço de um país e uma área do conhecimento.

Então, num outro mapa, desenha-se uma nova viagem num terceiro espaço. A travessia do deserto adquire uma tona-

* Convém lembrar aqui que Michel Serres se refere ao francês, mas é notório que, em derivando também o português do latim, sua reflexão pôde ser adaptada sem prejuízo. (N.T.)

lidade especial, nem enciclopédica nem geográfica, mas iniciática. Pois acontece com os heróis das aventuras sem relação alguma com os dois primeiros registros. À medida que sobem o Calaári, os geômetras russos e seus colegas ingleses entram, detalhe por detalhe — vôo de gafanhotos, manás caindo do céu, luz que os precede... —, na imagem do deserto que o povo hebreu atravessa no Êxodo. A Bíblia faz as vezes do mapa e da enciclopédia; a viagem se torna religiosa, como se Moisés, Aarão e Josué acompanhassem, completassem a medida da face da Terra. Advém um terceiro espaço, descrito num terceiro mapa, que se encontra mais ou menos em todos os romances de Júlio Verne. Então, a tonalidade religiosa, realmente perturbadora, se junta às mensagens pedagógica e espacial.

— *Ao termo dessa comparação entre* As aventuras de três russos e três ingleses *e o Êxodo bíblico, o senhor conclui: "Não, não é um decalque e apostaria que Verne não pensou nisso em nenhum minuto. Tradução não é translação. [...] Ele tomou o gesto, cegamente, repetiu, sem saber, a narrativa, no lugar da narrativa. Depois, no reverso da montanha, na floresta dos velhos babuínos tagarelas, ele compreendeu sem compreender alguma coisa que havia a compreender"* (Jouvences, *pp. 77-78). Então, Júlio Verne compreende ou não compreende?*

— Ao menos ele faz compreender, pois o romance me revelou essa coisa tão nova que transforma a sua leitura. Decididamente, ele reproduziu a história canônica da triangulação da Terra. Para verificar as hipóteses de Newton quanto à sua forma, foi necessário medir ao menos um grau sobre um de seus meridianos: trabalho enfadonho de ótica, de cálculo e de geometria, que aconteceu por volta do fim do século XVIII e início do XIX, período durante o qual dois grupos científicos fizeram viagens e viveram aventuras extraordinárias. Júlio Verne copia de novo, em parte, a viagem dos cientistas franceses ao Equador. Ao mesmo tempo, Maupertius mede o grau do meridiano na Lapônia. Assim, as duas expedições confirmam a hipótese newtoniana de uma Terra maior no meio e achatada nos pólos.

O senhor sabe que os cientistas franceses, fazendo medições, fundaram a República do Equador? Ainda hoje, não longe de Quito, indo para o sul, pode-se visitar o lugar onde passa a linha do equador, materializado por um fio de cobre e dominado pelas estátuas dos cientistas, fundadores do país. Na América do Sul, ou mesmo do lado das ilhas Baleares, por exemplo, esses grandes medidores do mundo perderam, em alguns casos, suas vidas; não somente por causa das doenças, mas também dos "nativos", como se dizia então, que raramente compreendiam o que eles estavam fazendo e acreditavam tratar-se de espiões. Enfim, Júlio Verne conhecia bem essas histórias, muito populares na época, e as encena no deserto do Calaári. Mas, de repente, se levanta, na narrativa ordinária, alguma coisa de fato *extraordinária*. Essa viagem aventurosa, já heróica e rara para a época, cheia de mortes e doenças, de oposições políticas por ocasião de guerras nacionais e de contatos agressivos com as populações locais... se torna não apenas uma narrativa científica porque triangula a Terra — e a *geometria* consiste, nesse caso, em *mensurar* para *dominar** —, mas, além disso, como enxertada, surge uma terceira aventura, paralela à

* Michel Serres serve-se de um neologismo, "métriser", para fazer o jogo de palavras com "maîtriser", no caso, "dominar". (N.T.)

travessia mística do deserto pelo povo de Israel. Então Júlio Verne traz ao mesmo tempo não mais duas, mas três narrativas... Alguma vez deixou de conduzi-las dessa maneira tripla? Eu reafirmo, por conseguinte, que essas viagens são *extraordinárias* — e acabamos de ver um exemplo preciso — porque elas buscam ao mesmo tempo espaços desconhecidos, conhecimentos enciclopédicos novos e, de repente, a religião se apresenta de maneira inesperada; ora a fábula ou o mito, ora história santa oriunda de um monoteísmo (pois, em Júlio Verne, nada os distingue, como acabo de fazer) e os dois outros mundos giram para corresponder a esse novo; itinerário espacial, viagem científica, iniciação religiosa. *Método, Êxodo.*

Note, então, que se os mitos gregos, por exemplo, se ligam ao tempo circular, o religioso, ao contrário, se livra do círculo de que estávamos falando. Pois os profetas escritores de Israel inventaram, pela primeira vez, que eu saiba, a idéia do tempo evolutivo, do tempo, sim, monódromo, que vai em frente, já que Deus se realiza na história do povo eleito e que, em seguida, cada homem se dirigirá à sua salvação. No mesmo roteiro, mas variando em conteúdo, Pascal é o primeiro a exprimir a idéia de um progresso sócio-histórico: os homens, diz ele, se empoleiram nos ombros de seus predecessores e assim as gerações aumentam seu saber e a amplitude de sua visão. Primeiramente religiosa e já então laicizada, essa concepção do tempo histórico amplia-se em seguida em Condorcet, em Augusto Comte etc. Daí o absurdo da idéia de que a religião se feche num círculo: se é verdadeira para alguns mitos, torna-se falsa a partir da Bíblia.

No Êxodo e em Verne, leia então duas versões de uma mesma narrativa. Não a saída de um território fechado, mas uma tradução. *As aventuras de três russos e de três ingleses* traduzem o Êxodo, como tentei mostrar.

— *E sobre a autoridade? É uma questão que o senhor não aborda nem em* Jouvences *nem em* Hominescências, *enquanto se posiciona com relação aos mitos e religiões. Por quê?*

— Como definir a autoridade? A palavra latina *autor* deu em francês *auteur* (autor), e esse *autor* vem do verbo latino *augeo,* que quer dizer "aumentar"; o "g" de *augmenter* se tornando o "c" de *auctor* que, em inglês, designa o pregoeiro dos leilões, cujo papel é exatamente aumentar os preços. Em direito romano, o *autor* avalizava um empréstimo contraído por alguém — por exemplo, menor, mulher ou estrangeiro — que não era sujeito de direito. O *autor* se apresentava como garantia e podia fazê-lo porque tinha autoridade sobre a pessoa em questão. Toda essa família de palavras vem do verbo *augeo,* "aumentar".

O que é, então, um autor? Alguém que aumenta; aquele que nos aumenta, que faz crescer o leitor ou que enriquece a matéria sobre a qual trabalha: o aumentador. Júlio Verne me aumentou. A única coisa que eu posso dizer com autoridade sobre ele é que foi para mim um autor; da leitura de seus livros, saí maior, adulto. Mais sábio e entusiasta do mundo. Jogue no lixo toda obra que não o aumentar. Recuse toda autoridade de quem não faz crescer nada nem ninguém. Daí haver nele tantas narrativas em que o herói se revolta contra a autoridade abusiva, o imperialismo britânico nas Índias, por exemplo.

— *O senhor vê em* As índias negras *um conteúdo religioso entre o inferno, a terra e o céu, depois em* Michel Strogoff, *o senhor destaca: "Passaremos? Se Deus quiser, responde o marinheiro. Sim, diz Michel, Deus está conosco! Ora, nas geleiras amontoadas, no meio dos fogos azulados da nafta, ele exclamará: o próprio Deus está então contra nós! É uma lei em Verne, o último segmento do itinerário é de tipo religioso"* (Jouvences, *p. 45).*

— De novo extraordinária, no mais amplo sentido, a narrativa de *As índias negras* descreve, numa primeira abordagem, uma utopia social, mas, no final das contas, uma iniciação. Toda a empresa consiste em fazer subir dos Infernos, do interior da mina, uma mulher para que ela veja, numa bela manhã, o verdadeiro sol nascer... ou o sol da verdade. Está lembrado? Ela sai do poço mais profundo, um buraco negro, e sobe em direção à claridade. O romance começa nesse modo social como um projeto político: os mineiros fundam uma república independente no interior das galerias e não vêem mais o dia; é uma verdadeira utopia, no sentido etimológico, o lugar novo em que se cria uma nova sociedade, uma nova política. Essa utopia, no entanto, acontece na Escócia e não em lugar nenhum, o que permite visitar tais e tais lugares precisos do mundo. Ela permite, também, pôr em prática algumas noções de economia e de ciência política. Mas, no fim, essa narrativa de viagens e de ciências humanas se transmuda de repente em iniciação platônica rumo ao conhecimento verdadeiro, fora da caverna, ou em romance místico da descoberta da luz. Júlio Verne mistura e sobrepõe todas essas narrativas. Não se pode separá-las. Ao mesmo tempo há a viagem por um país, acontecimento histórico e coletivo, ensaio de ciência social, por fim tonalidade atordoante de uma viagem iniciática e mística.

— E o senhor conclui: "É uma lei em Verne, o último segmento do itinerário é de tipo religioso..."

— Sim, em geral...

— *Eu destacaria que esses últimos segmentos religiosos se encontram em* Vinte mil léguas submarinas, Mathias Sandorf, Os filhos do capitão Grant, O soberbo Orinoco[39], A jangada... *podemos citar muitos. Não os encontramos em outros romances, entre os que são tratados no estilo da comédia.*

— Ou da tragédia. Os últimos romances sobre a ciência, os da decadência de que estava falando antes, como *Robur, o conquistador*, *O senhor do mundo*[40] ou *Diante da bandeira*[41], terminam em catástrofe...

— *As tragédias de repercussão derrisória e as comédias não comportam esse último segmento religioso?*

— Não disse que todos os romances de Júlio Verne terminam assim. Mas os mais bem-realizados, seguramente. Essa busca, que se pode considerar mística, convém perfeitamente à descoberta do mundo e à ordem do conhecimento. Há um remédio para o fechamento de que falávamos há pouco? Veja bem: fechados no interior da caverna das *Índias negras*, os mineiros não deixam a caixa preta, as trevas, as galerias escuras, nas quais eles nascem, vivem e morrem; mundo fechado sob a luz elétrica. E aí, justamente, o religioso se liberta desse confinamento. Vê-se bem vê que o religioso não o cria, uma vez que ajuda a sair desse isolamento.

— *Depois de uma passagem sobre a interpretação dos textos e sua contribuição para a compreensão do mundo, o senhor escreve: "A vontade de laicização se mede pelo grau de claridade, pelo desejo de transparência, ou melhor, pela própria transparência. Eu não digo: o religioso é obscuro, sempre o vimos; eu digo: o obscuro é religioso. E creio que há obscuridade. Isso para dizer que é preciso, mais uma vez, que o povo seja conservado na ignorância e na estupefação. [...] A grande teoria permanece reservada."*

Quando o senhor diz: "Creio que há obscuridade", se dirige a quem? Quem mantém hoje os seres humanos na obscuridade?

— Essa citação diz respeito aos autores de que falo nos livros de crítica; eu não a tomo por minha conta. Nunca disse nem direi que é preciso manter quem quer que seja na obscuridade; a minha vida toda e alguns livros meus dão testemunho de uma vontade ferrenha de esclarecimento e de pedagogia, levada até o universal. Dito isso — e assinalado com persistência —, resta obscuridade em toda teoria, até na mais clara, como há mal residual sempre e em todo lugar. O mais translúcido nunca atinge totalmente a mais pura transparência. Até os números primos são ainda cheios de segredos. Há excrementos e milhares de bactérias em todos os organismos vivos. É assim. O risco zero, o defeito zero são fábulas puritanas. A assepsia total leva à morte; se nós nos purificássemos de todos os germes, ficaríamos expostos aos piores perigos. Vivemos e pensamos na promiscuidade.

— *Marcel Gauchet argumenta com veemência sobre o abandono das religiões como abandono estrutural de um mundo antigo que se teria terminado nos anos 1970.*

— Quando ele distingue, em sua *Suma*, o direito civil do direito canônico, santo Tomás de Aquino já afirma o abandono da religião. Melhor: ela acontece desde o início do cristianismo e graças ao texto, já citado, que ordena a separação dos deveres para com César e para com Deus. Vá então aos países onde reina o total religioso; perceberá inconvenientes maiores que marcam a falta de direito civil. Além disso, faço muita questão de distinguir o sagrado da santidade. Para sair do sagrado, coletivo, odioso, público, difundido, o cristianismo ensina a entrar na santidade, privada, apaixonada, discreta, rara...

— *Não reli recentemente* O desencantamento do mundo[42], *mas não lembro que Gauchet diga o contrário. O que ele diz é que abandonamos as religiões nos planos estrutural, político, histórico e jurídico com a instauração da democracia moderna, cuja primeira fase passa pelo poder das ideologias.*

— No século XIX, quase todos os escritores falam de religião e meditam sobre ela. Júlio Verne está entre eles. Muitos autores parisienses, escolhidos entre os que cuspiam na religião durante sua mais tenra juventude, consagram-lhe hoje a pena. Haveriam saído dela pela política? Decepcionados com esta, voltaram a ser devotos? Ora, falam de religião sem conhecê-la, de fora, sem nem mesmo dominar a língua, enquanto que no século XIX os autores que falavam de religião a conheciam por dentro, até quando já a haviam abandonado.

— *A partir da Restauração, por volta de 1815, a estrutura da sociedade deixa progressivamente de ser religiosa, enquanto o pensamento permanece profundamente marcado pela forma religiosa. Uma conseqüência dessa evolução é que a referência à religião se atenua por questões morais. Júlio Verne grita às vezes sua angústia a esse respeito. Em* Família sem nome, *em* A ilha misteriosa, *isso é bem notório.*

— Por volta dos anos 1970, a política naufraga mais ainda que a religião? A primeira perde o poder de ação sobre os fenômenos sociais, históricos e, pior, naturais. Ao contrário, o religioso retoma esses fenômenos, e, geralmente, o cultural, mas sob estranhas formas, freqüentemente arcaicas. Eis uma história bem diferente da que estamos abordando nesta entrevista.

— *Em suas* Tables pour une caustique, *o senhor efetua uma virada do religioso tão-somente para a mitologia. O senhor escreve que diferentes temas das mitologias cristã, greco-latina, hindu estão amalgamados em* As viagens extraordinárias. *Mesmo que uma certa religiosidade continue a planar sobre o universo subterrâneo das* Índias negras, *não se está na super-realidade de um encantamento naturalista como se está na super-realidade de um encantamento geológico em* Viagem ao centro da Terra[43]*? O imaginário dos mitos e o das ciências podem ser o mesmo?*

— Em *Viagem ao centro da Terra*, superabundam as figuras do pai: primeiro o tio cientista; depois, o predecessor Saknüssemm, cujas pegadas seguimos ao longo do dédalo, mas, principalmente, a espécie antropopiteca, encontrada em grande profundidade, pastando lagartos monstruosos, *immanior ipse*, sendo ele mais monstruoso ainda. Eis um exemplo de passagem de uma ciência — a geologia — para uma estranha trindade paterna. Ou de conexão entre a viagem para um saber e aquela que leva a uma visão mítica.

A esse respeito, dado o que dissemos antes, o senhor deve estar pensando que eu não escreveria nunca a expressão "mitologia cristã" porque os monoteísmos afirmam a destruição crítica dos mitos. Defini, cuidadosamente, os sentidos de fábula, mito, religião, mística etc. A empreitada de Júlio Verne (como a do positivismo) consiste em associar religião e ciência, em fazer funcionar a primeira no mesmo sentido que a segunda. *As viagens extraordinárias* sugerem que as forças expressas nos mitos e os monoteísmos concorrem com as que trabalham a ciência.

— *É isso que nos faz existir como humanos?*

— Que faz existir tal ou qual sociedade... o otimismo de nossos pais vinha do fato de os mitos, permanentes, residuais, ainda motores, impulsionarem no mesmo sentido que as forças da descoberta e da motivação. Hoje, quatro quintos dos livros ou artigos relativos à ciência remexem preocupações sombrias, suscitam angústias manifestas a respeito das inovações contemporâneas e conseguem sensibilizar a opinião fazendo, ao contrário, trabalhar as forças míticas e legendárias contra as ciências e as técnicas. Estamos vivendo essa imensa virada há uma ou duas décadas. Quando escrevi "Tanatocracia", fui o primeiro a analisar, creio, uma espécie de instinto mortal que o racional podia, às vezes, trazer consigo, já que a bomba atômica saía da física fundamental. Mas eu nego o catastrofismo que tomou, nos países mais felizes e mais favorecidos, o caminho traçado nesse artigo: como disse Racine, "a onda que o trouxe recua, assustada". A análise abriu espaço para o sensacionalismo da mídia. Assim, agitadas pelos mitos, as forças sociais se voltam *contra* a ciência e não trabalham mais *com* ela. Eis nossa diferença com relação à época de Júlio Verne. Quando se produziu essa virada que nos fez sair da idade verniana? Depois de Hiroshima, de que falo justamente em "Tanatocracia"? Provavelmente. As angústias atuais a respeito do clima, do nuclear, dos transgênicos, da clonagem etc. se explicam por essa virada das forças. A época da obra de Júlio Verne havia vencido a interface ciência-sociedade; hoje essa mesma interface se quebra. Uma certa confiança na pesquisa — cultivada como preciosa no século XIX — se perde: Júlio Verne, mas também Victor Hugo, Alfred de Vigny talvez, Balzac, certamente, associam mito ou religião à busca científica.

Mas voltemos às *Índias negras*: eu estava dizendo há pouco que a viagem da heroína, acompanhada pelo noivo, para a luz do sol, imitava a saída da caverna platônica, como uma iniciação num conhecimento sublime, transcendente. Um suplemento de luz se desprende da busca do saber. A palavra "luz" não é usual no século XVIII — o Século das Luzes —, termo sem antecedente. Depois de Platão, o Evangelho segundo são João emprega a mesma palavra para exprimir a verdade, triunfante sobre as trevas, mas que as trevas não recebem. "Luz" se emprega metaforicamente duas vezes: do lado do saber ou da ciência e do lado da religião. A jovem mulher arrancada da caverna recebe ao mesmo tempo a luz do conhecimento e a do divino. Nesse romance e também em outros, a força do mito, as potências psicológicas e sociais da religião (repitamos que Júlio Verne não distingue os termos que distingo) operam no mesmo campo de força que a ciência.

Do mesmo modo, veja Zola. Sua virada data, já, de *A besta humana*, que, justamente, não faz mais trabalhar as forças míticas no mesmo sentido que as narrativas de Júlio Verne? Decerto, há tanto de mito num quanto no outro: por exemplo, O *doutor Pascal*, narrativa e auto-retrato de Zola, confessa, também, fazer trabalhar a força do mito no sentido da ciência. Mas, de repente, ela vira e joga do outro lado. Chega então a besta humana! Como numa *Metamorfose*, à moda de Ovídio, a locomotiva se transforma num monstro que esmaga e devora os homens em grande número, tal como o Leviatã. Vivemos como filhos dessa inversão.

— *A obra de Júlio Verne se divide também em duas grandes partes: 1860-1880 e 1880-1900. Na segunda, os mitos já começam a trabalhar contra a ciência. É o caso de* Robur, o conquistador, é o caso de De cabeça para baixo, *muito claramente...*

— Tem razão. Sombrios, esses últimos romances põem em cena muitas vezes um cientista maluco, que regula e tenta utilizar armas de destruição em massa e pode desencadear catástrofes. A relação com a ciência passa do otimismo ao pessimismo. Será preciso datar já daí a virada? Ainda antes, nos livros de história natural, como *O mar*, Michelet profere freqüentemente julgamentos amargos sobre essa questão. As preocupações de hoje não são de fato recentes.

— *Nós as encontramos também em personagens anteriores, como o doutor Frankenstein de Mary Shelley. Lá também se encontra a formação de um mito...*

— Permita-me um parêntese a respeito de Frankenstein. Trazida à luz por meios técnicos, a criatura inventada por Mary Shelley descreve longamente o mundo que lhe aparece pela primeira vez. Ora, essa página plagia com bastante precisão o texto de Buffon*, onde Adão, primeiro homem, descreve o mundo onde surge e que lhe aparece também pela primeira vez. A célebre página de Buffon na época concluía os atos precedentes da ópera formidável da história natural, onde vegetais e animais precediam a chegada do homem, e inaugurava o ato em que este tinha, enfim, o papel principal. Ora, nesse texto, Buffon plagiava, com bastante precisão, o texto de Condillac, em que este reconstituía todo o homem, justamente, mas a partir da sensação, começando por dar a uma estátua de pedra o olfato, o famoso cheiro de rosa, depois toda a percepção. Primeiro homem para a grande narrativa bíblica: Adão; primeiro homem para o sensualismo: Condillac, primeiro homem na história natural: Buffon; primeiro homem criado pela técnica:

* *Jardineiro do rei, de* Buffon (1707-1788), autor de *A história natural*, catálogo e obra sobre plantas, animais e mineirais. (N. T.)

Shelley-Frankenstein. O Adão de Buffon copia ao mesmo tempo o Gênese e a estátua de Condillac; Mary Shelley, por sua vez recopia o primeiro homem de Buffon no Adão-estátua de laboratório de seu *Frankenstein.* Não veja nessa autora nenhuma antecipação, mas um simples ou duplo plágio. Ela o confessa, aliás, abertamente, no próprio título de seu livro: *Frankenstein*, a pedra francesa, a da estátua de Condillac! E o sucesso desse romancezinho — bem medíocre, diga-se de passagem — deveu-se, à época, ao sucesso de Buffon, cuja obra foi o primeiro grande triunfo de livraria do século XVIII e talvez até da história. Mary Shelley também buscava a glória e, para obtê-la, copiou Buffon, que plagiara Condillac, sendo que ambos tiraram a idéia da Bíblia.

Isso posto, mesmo que essas coisas estejam esquecidas para sempre, Frankenstein antecipa incrivelmente o nosso destino, que, como vemos claramente hoje, recria pela técnica, portanto com intenções finalizadas, elementos deixados, desde a origem até ontem de manhã, a uma evolução sem finalidade. Eis nossa espécie em vias de auto-evolução.

— *O mito precisa do herói, trabalhando ele a favor ou contra a ciência. Strogoff é um herói inteiro, mais próximo do que qualquer outro dos heróis gregos. O dever está onipresente no romance. Mas, por outro lado, Nemo, Hatteras, Sandorf são também personagens heróicos...*

— Primeira definição, *religiosa,* do herói: um dos semideuses dos *mitos* gregos; Hércules, por exemplo. Entre esse herói grego, esse Héraklès, ou aquele das legendas históricas, como Aquiles ou Ulisses, e o personagem verniano, há inúmeras alternâncias. Plutarco, por exemplo, em suas *Vidas dos homens ilustres*, lança, parece-me, a função moralizadora dos exemplos sublimes disseminando a *história* de Roma. Assim como as tragédias romanas de Corneille *Horácio, Cinna, Sertorius*... põem em cena um herói inspirado nessa última veia antiga, mas já quase moderna. Com relação e ele, mais *político, militar e patriota, militante* para resumir, o herói verniano me parece ter uma característica a mais: ele consagra sua vida ao conhecimento. Revoltado contra o imperialismo britânico, Nemo continua sendo um herói político, sem dúvida, mas isso se vê menos, durante a narrativa, do que sua paixão pela geografia e a biologia, atóis e geleiras, ostras e pérolas, cachalotes e peixes-bois... De seu escritório, por uma escotilha, ele observa os peixes. Será que inventa a oceanografia?

— *O herói grego só era político?*

— Religioso e militar, como Hércules, semideus e Aquiles, soldado diante de Tróia, torna-se depois mais histórico, patriota e político, entre os romanos. Dumézil, de quem falamos, analisa muito bem essa passagem greco-romana do mito à história. Eis, já em Corneille, a declaração de Horácio a Curiácio: "Morrer pela pátria é tão digna sorte, / Que em multidões almejemos tão bela morte"* (*Horácio*, ato II, cena 3).

— *E o sentido do herói intermediário entre os deuses e os humanos?*

— Em Júlio Verne essa dimensão, mesmo conservada, me parece, aos poucos, se apagar. O homem, sozinho, contempla o horizonte, de braços cruzados.

— *Ele teria tomado o lugar de Deus, assim como Nemo, em* A ilha misteriosa, *que assegura a providência...*

* Tradução livre dos versos de Corneille sem consideração da métrica. (N.T.)

Ele tem, com efeito, alguns traços da divindade: *Ninguém*, ausente, todo-poderoso, onisciente, providencial...

Mas, ao contrário de Mathias Sandorf, João-sem-nome ou Hadjine Alizundo, a heroína grega de *O arquipélago em fogo* contra os turcos, todos personagens de romances históricos, buscam morrer pela pátria? Duvido. Quanto aos outros, eu os vejo mais como anunciadores do conhecimento, sim, *arautos*!

— *Decerto Nemo não busca morrer pela pátria, ele se tornou apátrida. O senhor se lembra, no entanto, da revolta dos sipais contra os ingleses...*

Em Hominescências, *o senhor volta aos heróis: "Quem ainda admira com toda sua alma o fanfarrão inútil cujas façanhas derramam sangue? É preciso identificar no fim da figura do herói uma razão não entendida do desuso em que caem as literaturas? Alegremo-nos com a obsolescência desse fanfarrão. [...] Abolimos as bravuras de fanfarrões-matadores como Aquiles e El Cid."* (Hominescências, *edição brasileira, p. 267). Mas há outras violências e temos a mesma necessidade de heróis hoje: se a realidade muda, o heroísmo permanece necessário; Péguy via no pai de família o herói moderno...*

— Esses políticos, patriotas, militares, esses exemplos heróicos da Antigüidade, mas também aqueles das eras próximas, da *Canção de Roland** até as guerras contemporâneas, não os vê doravante como imagens de matadores, sádicos, sanguinários? Quem pode hoje citar Aquiles, tão admirado em outras épocas, como exemplo? Gostamos tanto de sangue derramado?

---

* Canção de gesta em que são narrados os feitos de Carlos Magno contra os sarracenos, considerados pagãos. (N.T.)

É provável que sim, infelizmente, já que o *cadáver* permanece, ainda hoje, o herói sempre citado, a estrela das primeiras páginas e do jornal televisivo. Devorando com os olhos essas imagens na tela, comemos esses restos a cada refeição em família. Eu não desejo a ninguém a experiência que tive de ver o corpo de um amigo próximo reproduzido, durante uma semana, nas primeiras páginas de todos os jornais, estirado na calçada, banhado em seu próprio sangue.

Ao lado dessa produção cadavérica, resíduo de eras arcaicas, antigüidade de nossa história ou bestialidade de nossa evolução, dois outros heróis emergem hoje. Sem qualquer mérito, basta aparecer na televisão para se transformar em estrela; geniais, inventamos máquinas que metamorfoseiam um passante qualquer em exemplo heróico. Na civilização que essas mídias, produtoras de apoteoses, impõem os verdadeiros heróis se tornam invisíveis. Em meu livro recente sobre o amor, *No amor, somos animais?*[44], falo longamente dessa invisibilidade, do segredo no qual se escondem aqueles que nos elegem como autenticamente humanos. A santidade fica na sombra.

Por fim, gostaria de repetir, a respeito de Nemo, que ele expressa uma estranha transição entre Horácio, herói corneliano cujas palavras acabo de citar, e o terrorista. Quem, com efeito, poderia declarar hoje, e repito a citação: "Morrer pela pátria é tão digna sorte / Que em multidões almejemos tão bela morte"?

— *Esses rapazes que se explodem, que são terroristas...*

— Nemo é a figura evolutiva entre o herói de Corneille e o terrorista contemporâneo.

Ciência patente...

— *"Nossa ignorância fez da obra de Júlio Verne um sonho da ciência. Ela é uma ciência dos sonhos. Diz que a ficção das* Viagens *é ficção científica. Isso é completamente falso. Nunca uma regra mecânica foi ultrapassada, nenhuma lei natural, da física, da resistência dos materiais, de biologia foi extrapolada. O conteúdo da ciência, em geral, fica até bem atrasado em relação à sua época. [...] Longe de ser antecipação, esses romances, nesse ponto, nem sequer estavam atualizados" (*Jouvences, *p. 82). Concordo plenamente nesse ponto. A antecipação, todavia, me parece um domínio mais vasto do que a simples antecipação científica. O senhor não assimila antecipação com ficção científica?*

— Duas perguntas: de qual ciência se trata? E, em segundo, qual a diferença entre ficção científica e antecipação? Primeiramente, de qual ciência? Exemplo: *Da Terra à Lua.* Em mecânica celeste, esse romance não vai muito além do fim do século XVIII, em geral, do newtonianismo de Laplace. Outros exemplos: a biologia em *Vinte mil léguas submarinas*, a geologia em *Viagem ao centro da Terra* ou mesmo a geografia em *Os filhos do capitão Grant*... Ainda que Júlio Verne escreva durante as quatro últimas décadas do século XIX, ele transmite a ciência das gerações anteriores, das quais Auguste Comte fizera um balanço nos anos 1840. O conteúdo científico de seus romances nunca excede o que ele aprendeu na escola e não se compara jamais ao que os cientistas, no momento em que ele escreve, estão promovendo. É o mesmo caso em *Zola*, em geral.

É uma espécie de histerese ou de remanência, isto é, de indução magnética máxima, normal na transmissão, na divulgação e até no ensino. Se você parar um homem na rua para lhe perguntar sobre o estado atual de determinada ciência, ele repetirá o que aprendeu na escola secundária ou na universidade. O pesquisador estará já mais longe. Sob a crença ingênua de imediatismo na transmissão das informações, existe essa defasagem, hoje, que me parece ao menos tão forte quanto a dos últimos séculos. Talvez por causa do imenso aumento do número de pesquisadores no mundo e da quantidade de resultados. Por exemplo, os jornais, o patronato, os sindicatos, os governos etc. refletem com uma bela e boa precisão a ideologia corrente da universidade na época da formação de seus funcionários, dirigentes e empregados. Sempre então em atraso de no mínimo uma geração. A mesma coisa em Júlio Verne. Pena que não tenhamos feito progressos, já que temos meios para isso. É pena, por certo, mas também perigoso em razão da defasagem entre a opinião pública e o real estado da pesquisa.

— *Nota-se bem quando ele escreve, no final do século,* Uma cidade flutuante[45] *para tratar do darwinismo com cinqüenta anos de atraso...*

— E ainda Darwin o domina menos que Spencer, e este menos do que Lamarck. O termo "evolucionismo" data de antes de Darwin, que, aliás, o emprega pouco. A noção de evolução emerge mais ou menos na metade do século XVIII: Buffon e, principalmente, Charles Bonnet — que Christiane Frémont acaba de publicar no *Corpus des œuvres de philosophie en langue française* [Reunião das obras de filosofia em língua francesa] —, já têm dele intuições profundas e visões detalhadas. Por outro lado, em 1780, Lamarck inventa a palavra "biologia".

Segunda questão: o senhor sabe melhor do que ninguém, não há ficção científica em Júlio Verne. A ciência ali permanece inteiramente positivista e a técnica às vezes superada, dado que, por exemplo, a idéia de submarino já tem cinqüenta ou sessenta anos, no momento em que o *Nautilus* emerge, nós já o vimos.

— Hoje Júlio Verne não nos interessaria sobretudo por ter dado tanta importância aos meios de comunicação e à sua rapidez cada vez maior? É a onipresença dos meios de comunicação que lhe faz traçar essas grandes perspectivas até nossos dias — senão a ficção científica —, realmente a antecipação que nos concerne muito diretamente cento e cinqüenta ou cem anos mais tarde. O senhor escreve, aliás: "O esforço da tecnologia, em Júlio Verne, tem como objeto os meios de comunicação, não os instrumentos de produção" (Jouvences, *p. 13). E mais adiante: "Em Júlio Verne o saint-simoniano*, só há uma tecnologia dos veículos e da comunicação"* (Jouvences, *p. 148).*

— Sim, os meios de comunicação voltam de uma maneira recorrente e justificada. Por uma espécie de iluminação da ficção científica, *O castelo dos Cárpatos* traz um modelo análogo da televisão. Com relação aos meios de comunicação, Júlio Verne vê de maneira prospectiva e esse projeto organiza freqüentemente seus romances. Por conseguinte, respondo melhor à sua pergunta: a ficção científica difere da antecipação, pois se pode antecipar qualquer outra coisa além da ciência: um estado da sociedade, por exemplo, como fazem as utopias, instituições políticas, policiais, costumes e leis etc. como em *Os náufragos do Jonathan*[46] e *Os 500 milhões de Bégum*[47]. Júlio Verne tenta, então, prever duas coisas: tal ou qual meio de comunicação, claro, mas

* No caso, a referência é ao filósofo Saint-Simon (1760-1825) e a sua doutrina reformadora, sem exata referência em português. Preferiu-se adaptar para "saint-simoniano". (N.T.)

também a interface da sociedade com essas novas técnicas. Ele as multiplica, por exemplo, em *A volta ao mundo em 80 dias*, em que Phileas Fogg toma emprestado quase tudo: trem, barcos a vapor e a vela... Em *Michel Strogoff*, no auge de uma batalha, dois jornalistas, o inglês Harry Blount e o francês Alcide Jolivet, utilizam um contra o outro o telégrafo elétrico.

— *O senhor quer falar de sua influência na produção de uma sociedade?*

— Ora ele fala com entusiasmo e ora os teme; tem acentos de duplo valor.

— *Há um outro aspecto da antecipação em Júlio Verne. Tem-se a impressão, por intermédio de seus grandes personagens, Hatteras, Nemo, Sandorf, Robur o conquistador... que Júlio Verne esteja tentando definir o novo lugar do homem na Terra... É realmente antecipação, é aliás também preocupação sua em 2001, quando escreveu* Hominescências.

— Com algumas reservas. A lista desses personagens marinheiros exploradores ou cientistas exploradores, rigorosa curiosidade, como Hatteras, Robus, o conquistador etc. parece, num primeiro momento, citar heróis próprios do século XIX. De fato, o século XVIII, entre 1750 e 1800, já conhecera essas viagens e deslocamentos de cientistas. Então, duas espécies de cientistas partem em viagem. De um lado os naturalistas, geômetras e físicos. Por exemplo, para medir o meridiano terrestre, como em *As aventuras de três russos e de três ingleses*, de que falamos antes. Acrescente os astrônomos a esses viajantes naturalistas: vimos Black partir através de icebergs flutuantes, como barcos, para observar um eclipse. O herói-observador-cientista surge no século XVIII. Os conquistadores da Lua remontam, mais longe ainda, ao século XVII: ao *Cosmoteoros* de Huygens, à viagem de Cyrano de Bergerac e, ainda mais distante, às expedições de Arlequim, imperador da Lua, na *commedia dell'arte*. A conquista de nosso satélite tem, atrás de si, sete ou oito representações teatrais, romances cômicos e até o tratado de um dos maiores sábios da idade clássica. Júlio Verne se inscreve então numa velha tradição. Por outro lado, o abade Prévost não morreu sem deixar uma tradução, depois uma continuação da *História geral das viagens*, de John Green, uma das fontes dos romances de Verne. Ele procurou alguns personagens entre aqueles de que você fala: são todos Hatteras.

Todos, com efeito, ao se deslocarem, descrevem um novo ser-no-mundo, um novo cidadão do mundo. Mas as novidades de que Verne fala se bifurcam muito menos do que as que produzem hoje a *hominescência*.

— *Júlio Verne acrescenta ainda assim a essas viagens e a essas representações teatrais uma indústria que é a de sua época. Nemo fabrica o* Nautilus, *os conquistadores da Lua fabricam um lançador e uma cápsula, levam alimento desidratado e partem da Flórida... A esfera de produção é relativizada, mas subjaz e dirige: os altos-fornos da conquista lunar, a cidade de aço do professor Schultze, os produtores invisíveis das carvoarias submarinas de Nemo e, mais tarde, a* Back-Cup *de* Diante da bandeira *são vários exemplos. Júlio Verne realiza a primeira aliança desses viajantes naturalistas e desses astrônomos com a indústria.*

— Sim, mas nem sempre. Nem o capitão Hatteras, nem Michel Strogoff, nem Phileas Fogg precisam de muita indústria. Quando a indústria americana fabrica a *Columbiad*, o módulo lunar, como diríamos, seus autores são todos ex-artilheiros aposentados de Guerra de Secessão que se entendiam no *Gun Club* de Baltimore. Aí estão: mais militares do que industriais.

— *Eles prefiguram o complexo militar-industrial americano, o que não é tão malvisto para a conquista do espaço...*

— O senhor tem razão. Mas, no balanço geral, Júlio Verne não dá realmente oportunidade aos historiadores de exercer seu tique sobre a revolução industrial.

— *O senhor diz: "O recuo para a origem ou a visão dos fins próximos se escreve em língua profética"* (Jouvences, *p. 16). O que o senhor acha da visão profética que geralmente se credita a Júlio Verne?*

— Duas coisas. Certamente existe, nele, a imagem bastante hugoana do herói sobre um rochedo dominando o mar, de braços cruzados, voltado para o horizonte, desafiando o futuro: os ilustradores de Nemo ou de Hatteras gostaram dessa pose, usual no século XIX, um pouco artificial. E o eterno retorno confirma essa visão global, bastante arcaica. O mais autêntico se revela antes, como vimos, por intuições como a de *As aventuras de três russos e de três ingleses*, em que a narrativa retoma e faz as vezes do Êxodo, a do *Chancellor*, em que a água salgada se transforma em água doce... ou seja, metamorfoses poderosamente proféticas e religiosas.

Compare essas narrativas e essas figuras com as de Herman Melville. *Moby Dick* narra, sim, uma volta ao mundo, mas relata uma tripla busca: oceânica, no espaço; biológica, de uma outra espécie de baleias, mas, em suma, e, principalmente, mística. Quantas vezes Júlio Verne retoma o mesmo gesto? Se a palavra "profeta" tem um sentido, melhor é procurar em *O castelo dos*

Cárpatos, na vivificação de Orfeu, ou em *Viagens* do tipo *Moby Dick*, religiosas e místicas, como as que citei antes.

— *E o visionário...*

— Ele sobrevém de repente, quando a ciência inventa a narrativa ou quando a narrativa inventa a ciência.

... e ciência latente

— *Para o senhor, Michel Serres, a ciência e a literatura nunca ficaram muito longe uma da outra e o senhor define uma comparada à outra da seguinte maneira: "As ciências exatas falam, em geral, uma língua que precisa de um mínimo de tradução. Trata-se até de uma definição da ciência: uma mensagem* maximamente invariável *pela tradução. Ao contrário, a literatura faz circular mensagens* maximamente variáveis *pela tradução. No limite, chamar-se-ia literária a mensagem intraduzível." A ciência "maximamente invariável" e a literatura "maximamente variável"... Os imaginários são opostos?*

— Traduzir o teorema de Pitágoras do grego em urdu não o faz perder nada de seu sentido; inversamente, *Os devaneios* de Rousseau, por exemplo, são extremamente mal vertidos para o inglês. Nenhum ruído na primeira transposição de mensagem; na segunda, que caos!

Mas, para responder diretamente à sua última pergunta, não vejo imaginário nem numa nem na outra. Para melhor associá-las, tomo o exemplo do *Chancellor*, um dos melhores textos do autor; essa narrativa curta não traz nenhuma citação científica, não põe em cena nenhum cientista, não faz menção a qualquer descoberta. Mas a mecânica, admiravelmente descrita, organiza o plano e a sucessão dos acontecimentos. Uma ciência não-dita molda o texto.

Um barco então, o *Chancellor*, parte de Charleston um certo dia, a uma certa hora e numa certa estação do ano, com uma certa tripulação, sob as ordens de um certo capitão com um certo destino... e esse navio vai sofrer *todas* as catástrofes que o mar torna possíveis, uma a uma, até que saia desse inferno numa foz do Amazonas. Júlio Verne define, detalhe por detalhe, fragmento por fragmento, em todos os lugares pelos quais o barco e sua carga passam, um tipo de equilíbrio diferente: um equilíbrio estático, depois cinemático, depois dinâmico, termodinâmico, hidrodinâmico etc. E, a cada etapa, esse equilíbrio singular, de repente quebrado, corre para o próximo. Essas figuras sucessivas dão exemplos perfeitos de uma autêntica ciência do equilíbrio, não-dita, jamais citada, de forma alguma explicitada; está sempre em imagens ingênuas, ou melhor, nenhum herói presente a bordo a representa, expõe, nem mesmo a procura. Latente na narrativa, ela organiza-lhe a estrutura, molda, desenvolve, enfim, produz. Ou, inversamente, a narrativa engendra essa ciência e a desenvolve.

Muitas vezes, numa obra, a ciência, que a molda de maneira latente, pode ser uma ciência diversa daquela de que a narrativa fala expressamente. Descobri isso em Zola, que cita abundantemente, como se sabe, medicina, genética, biologia, em suma, ciências datadas, já envelhecidas mesmo naquele tempo. Cita-as tão claramente que se pode dizer que as proclama. Mas a verdadeira ciência que molda os romances de Zola é a termodinâmica. Ela sim antecipa até questões relativas à biologia da época. Desde o início do *Doutor Pascal,* essa ciência, escondida, inventa a narrativa ou a própria narrativa inventa essa ciência.

Em *Chancellor,* Júlio Verne nunca fala de mecânica, mas ele a diz, sabe ou até inventa; em todo caso, em segredo ela organiza a narrativa.

— *Júlio Verne sabe mecânica?*

— Ele a aplica. E o faz mais do que pensamos. Essa presença da ciência, mesmo quando não fala dela, caracteriza sua obra. Distingamos então a *ciência patente*; por exemplo, a biologia dos peixes, em Nemo; a astronomia de Black; a geografia ou a entomologia de Paganel, que todo mundo vê e que freqüentemente aborrece o leitor: nunca é interessante porque o autor a recopia sem que gere a obra literária. O leitor não se importa se ele sabe de cor a classificação dos peixes, a dos extratos da Terra, copiada de Boucher de Perthes ou de quem seja. Longe da ciência, eis o puro plágio, carga pesada para o texto e não seu motor, de invenção ou de ritmo. Só o motor apaixona, pois ele gera, faz prosseguir e dá à narrativa o impulso necessário. Analise as estruturas do *Chancellor,* verá como funcionam as figuras de equilíbrio. Diríamos que é realmente o perfil e a corrida do barco, o estado de suas obras, vivas ou mortas, e as etapas de seu percurso. Aqui, a crítica literária descobre que a ciência jaz num lugar latente e não nas passagens patentes, pesadas e enfadonhas. Você bem sabe que todos os leitores pulam os lugares patentes, que estão à disposição de todo mundo; é a ciência latente que define o andamento e decide o estilo.

— *A documentação abundante que Júlio Verne utilizava dia após dia a partir das obras de divulgação científica é patente e não é o que molda nossos imaginários?*

— Distingamos, de novo, duas coisas: primeiro, coletar resultados da ciência consumada, pesquisar, por exemplo, nas obras de naturalistas, os nomes de peixes que Júlio Verne convidará o leitor a observar através da escotilha de Nemo. Isso é documentação. Quando falamos de ciência, não estamos falando desse gênero de coleta de dados. Quanto mais documentação, mais cópia, e quanto mais você copia, menos faz ciência. Você repete sem inventar. Paradoxo: os professores proíbem os alunos de copiar, mas exigem dos aprendizes de professores que escrevam teses em que só fazem copiar. Regra geral: *quanto mais citações, menos obra.*

Ao contrário, aqui, Júlio Verne inventa circunstâncias, uma narrativa, o desenvolvimento de uma história, colocando-se em condições de pôr em cena ou em dinâmica estruturas da ciência que ele compreendeu. Ele inventa a narrativa segundo sua competência científica, segundo sua compreensão, não copia leituras, mas inventa cegamente, segundo a profundidade de sua cultura. Quando *Chancellor* define modos de equilíbrio mecânico — estática, cinemática, hidro e termodinâmica etc. —, ele mostra que o autor realmente compreendeu a mecânica geral, a dinâmica, a mecânica celeste e assim por diante. Então, uma ou outra ciência se torna decisiva para o surgimento e a continuidade da narrativa. Aqui, nada de ficção científica, nada de antecipação, mas, às vezes, dessa latência surge a autêntica invenção. Uma ciência nova inventa a narrativa que, por sua vez, inventa uma ciência nova.

Em outras palavras: lendo os *Pensamentos* de Pascal e sem ler nem o *Ensaio sobre o triângulo aritmético* nem nenhum outro de seus tratados científicos, como compreender o autor, seus textos e suas demonstrações? Ora, o mesmo homem escreveu os *Pensamentos* e inventou teoremas de geometria, de aritmética, de mecânica etc. A ciência de Pascal se encontra então em dois lugares: os lugares especificamente científicos e os *Pensamentos*. Um onde a ciência, reconhecível como tal, se escreve por meio de equações e se falsifica por meio de experiências... e a outra em que a ciência, menos reconhecível e no entanto presente, se encontra no estado nascente, no estado inventivo, criativo. Voltando então aos tratados científicos dos *Pensamentos*, vê-se como Pascal demonstra, argumenta, por meio de uma ciência, ausente no detalhe dos tratados, mas diferente e poderosamente presente e inventiva: mostrei, há quarenta anos, que ele pensa por meio da idéia de *ponto fixo*, ausente na obra científica, mas latente e presente na obra filosófica, onde é seu próprio motor, talvez. Uma ciência nova inventa filosofia que, em contrapartida, inventa uma ciência nova.

Para dizer ainda de outro modo, Zola faz biologia em *Os Rougon-Macquart* e até um pouco de genética. Ele cita suas referências e delas se vangloria. Aplica essa ciência, abominavelmente falsa, é claro, a alguns dramas dos Rougon-Macquart. Nada, aí, de apaixonante, ainda mais que esse gênero de erros recobre a ideologia pura. Traduza então esses dois nomes de família por "mancha vermelha", sangrenta, original, e eis tudo. Mas, em *O doutor Pascal*, repito, Zola faz uma invenção maior. Ele descobre que a genética se funda em parte nos raciocínios termodinâmicos. Ele demonstra isso ao descrever a Souléiade, a propriedade do doutor, casa e escritório, como sistemas quentes e fechados, e ele raciocina sobre esse enclausuramento. A invenção própria de sua narrativa faz emergir uma ciência cuja narrativa em si mesma não fala, mas cujo conteúdo se apresenta sob a roupagem de imagens precisas. Aí, Zola não copia, inventa. Falsa, tediosa, a ciência patente se mescla com ideologia, enquanto a ciência latente traz invenção. Sem invenção, não há obra.

— *Ele inventa.*

— Sim. Todos os filósofos ou literatos realmente criadores, que sabiam um pouco de ciência, compreenderam o suficiente dela para inventar, inclusive nesse domínio. Sempre a mesma distinção: a sobrecarga patente, tediosa e pesada, burra, para resumir, ou o motor latente, leve, já que escondido, mas formidavelmente dinâmico.

— *Eles perceberam alguma coisa da qual fizeram algo novo...*

— ... Que não é cópia. Sem ciência, como compreender certas narrativas de Júlio Verne, no sentido em que "compreender" significa reconhecer exatamente o lugar em que ele inventa? Ele inventa num processo científico.

A criação artística precede, muitas vezes — acho que já disse isso a respeito de Chopin —, a invenção científica. Eu lamento que se diga pouco isso. Já percebi isso muitas vezes na obra de pintores, músicos, escritores, nas quais aparece um certo número de esquemas, de conceitos, de intuições bem antes que as descobertas científicas os ponham em prática racionalmente. Eis uma verdadeira antecipação.

Aí está uma divulgação magnificamente bem-sucedida: em *Ao redor da Lua*, depois da partida do obus, os viajantes jogam pela escotilha, de maneira pouco provável, o cadáver do cão, morto pela trepidação. Ora, eles percebem rápido que o despojo segue o obus. Júlio Verne faz compreender com isso que a cápsula é um sistema planetário em si mesmo, tendo, como satélite, o cadáver do cão chamado, justamente, de Satélite. Lendo essa passagem e vendo a ilustração, a criança aprende realmente, ainda que só com imagens, a idéia de Newton; ela se lembrará de tal sistema por toda a vida. Eu analisei essa figura em *Statues* [Estátuas][48]. Vendo Satélite seguir o obus, avança-se em direção à Lua de uma nova maneira, como num modelo reduzido. A narrativa faz que se entenda ciência pelo simples desenho de uma figura que recria um pequeno mundo newtoniano. É assim que ele transmite o grande, não pela cópia de conteúdos tediosos. Ninguém nunca transmitiu nada por citação. Só se transmite o que se inventa, pelo próprio dinamismo da novidade.

Eu me queixo às vezes de que hoje não haja um equivalente de Júlio Verne, que não se veja mais aparecer esse tipo de narrativa ou de interface entre a ciência e o grande público. A melhor interface possível, a melhor transmissão possível se criam justamente com esse tipo de narrativa e esse gênero de autor. Esse gênero Pascal ou Zola... Essas interfaces favorecem a propagação do verdadeiro, a transmissão do gosto pela pesquisa, a aventura da descoberta e o encantamento do mundo, o estímulo do imaginário... Retomemos o exemplo de Pascal: obra filosófica e religiosa, os *Pensamentos* se constroem como raciocínios científicos; pela interface, passam o saber; inversamente, pelo saber, transmite-se também religião e filosofia.

— *Um escritor, a partir do momento em que passa seis ou oito horas por dia pensando, lendo, escrevendo, sempre a estudar, é necessariamente um pouco cientista.*

— Os copiadores não inventam. Literato ou cientista, a distinção pouco importa, o essencial continua sendo a invenção, único ato intelectual real. A única pergunta digna de se fazer é:

o que você descobriu, onde está inventando? Júlio Verne encontra o lugar onde, indissociavelmente, a criação literária e a criação científica se juntam. Assim é em *O Chancellor*.

Nessa entrevista, o senhor só me questiona sobre a ciência dez minutos em dez horas; eu teria preferido dez horas sobre a ciência e dez minutos sobre outra coisa. Pois a originalidade de Júlio Verne, difícil de explicar, não está ligada ao que ele traz das conclusões científicas nas suas narrativas, coisa visível, legível, tediosa, mas ao fato de algumas de suas narrativas se estruturarem como invenções científicas: e isso requer muita atenção.

— *Eu também prefiro a* ciência latente *à* patente. *Eu espero que nossas conversas sigam o fio da invenção! O senhor está falando de ciência e de acordo com um método científico desde o início de nossa entrevista, de modo patente ou latente, mas o tempo todo, o que é, aliás, apaixonante... Os exemplos que o senhor dá são muito claros! E se tudo isso não é científico, estou descobrindo a que ponto sou um tolo...*

— (Risos.) Mas, não, nada disso, eu não estou falando do senhor! Se eu lhe dei essa impressão, queira me desculpar. Não tive a intenção.

— *... E sou um tolo completamente inculto... O senhor fala de ciência a respeito de quinze romances de Júlio Verne, de Zola, de Pascal, dos mitos e da humanidade em geral...*

— Bom, e como se inventa o humano a partir desse uso?

— *Dando importância à pessoa humana... Em Júlio Verne, a ciência se torna o humano.*

— Ele resolve o problema, hoje sem solução justamente porque nos faltam um ou mais Júlios Vernes para vivificar a interface de outrora entre ciência e sociedade. As angústias contemporâneas a respeito do racional e das técnicas associadas são, em parte, por causa dessa lacuna. Quem conta, hoje, como funciona uma tal ou qual novidade? Para ocupar o espaço das mensagens só se encontram juízes, muitas vezes incompetentes, acusadores... Uma espécie de inquisição obscura multiplica as condenações. Ora, o filósofo ou historiador das ciências ocupa mal essa interface; apenas a literatura, romance, narrativa, histórias, aventuras... pode fazê-lo.

A ciência logo se torna um fato social total. Nós até começamos nossa conversa com essa constatação. Isso começou, justamente, no século XIX. Ela satura a sociedade. Técnicas sofisticadas produzem uma elevada porcentagem dos objetos que manipulamos, óculos, fogões, automóveis, computadores, telefones diversos... Aumenta o fosso que nos separa da ciência, enquanto ela estrutura nosso cotidiano e nossas comunicações. Faltam-nos romancistas que descrevam essa remodelagem de nossas sociedades em tempo real. Para várias gerações, inclusive a minha, Júlio Verne criou essa interface e tornou culturais tanto a cotidianidade da ciência quanto a reestruturação das relações.

Escrevi quase quarenta livros para dizer também um pouco isso, para ontem, hoje e, um pouco, amanhã. Infelizmente, é raro os cientistas compreenderem as ciências humanas e as ciências humanas entram ainda menos nas ciências exatas. Além disso, a classe dominante excluiu as humanidades. Uma pena... Por que esquecer que habitando cidades assentadas no mundo, vivemos o mesmo tanto de coisas mesmo quanto de relações políticas e sociais? E que estas últimas, hoje, tremem diante da transformação de nossa relação com o mundo.

Sim, o abstrato depende do concreto.

SEGUNDA PARTE

Encantamento

Referências

— Estamos agora nas salas da Academia Francesa. O que é a Academia para um acadêmico?

— Um monumento nacional. Antiga Faculdade das Quatro Nações, estabelecimento de ensino privado para nobres, tornou-se um lugar comum para todos os franceses. Todo mundo pode consultar livros na biblioteca Mazarine. Todo mundo pode telefonar para cá é pedir algum esclarecimento sobre a gramática ou a língua. O senhor sabia? É preciso que todos saibam.

Como eu entrei aqui? Pediram-me que me apresentasse... No começo, intimidado, mas também repugnando o que se chama "as honras", recusei; depois, como me encarregara de comandar a reedição do *Corpus des philosophes en langue française*, uma biblioteca à disposição se tornava preciosa, bem como o apoio da Academia. Então aceitei fazer parte dela. E fico feliz em tê-lo feito porque encontro pessoas encantadoras que, pela idade, esquecem as relações de concorrência. Além disso, a experiência de uma juventude conservada graças à inteligência refresca uma certa velhice que advém rápido quando não se trabalha intelectualmente. A produtividade conserva a juventude...

— ... *E seus colegas acadêmicos...*

— ... têm, em média, dezoito anos ao contrário: oitenta e um...

— *E têm senso de humor!*

— Sim... O século XVII criou nossa companhia para lutar contra a Sorbonne. Defender e ilustrar a língua francesa supunha imediatamente que se opusessem duramente à universidade que falava latim em todas as disciplinas, física, medicina ou teologia. Rabelais já descrevia os alunos da Sorbonne, os "sorbonnards"— e eu fui um deles — como raciocinadores e abobalhados. Invisível, tal luta continua; não, decerto, a batalha do francês contra o latim, mas a paralela, que opõe uma língua de uso aos falares tecnicizados. Pior, a evolução de todas as línguas hoje põe problemas mais graves ainda. Os lingüistas de todos os países se preocupam e gastam... seu latim.

Essa Associação reúne em princípio quarenta criadores de literatura. Mas eles se tornam insuficientes porque a universidade, por onde passa uma porcentagem crescente dos contemporâneos, propaga modelos "anticriativos". Eu respeito infinitamente seus métodos de transmissão, dotados de toda a seriedade do mundo — eu mesmo os pratiquei —, mas os que não imitam essas qualidades ou deixam de lado esse modelos encontram-se, obviamente, desqualificados. Eis por que a Academia permanece um lugar "anti-universitário", como quando de sua fundação. Júlio Verne viveu, toda a sua vida, fora da universidade; deve estar se revirando de contentamento no túmulo ao ser considerado um estranho para ela... (Risos.)

— ... *Mas ainda assim, triste por não ter entrado para a Academia. Ele teria achado isso justo e eu também acho.*

— Esquecendo minha indignidade, eu teria votado nele.

— *A respeito das* Índias negras *e de* Michel Strogoff *que já evocou, o senhor faz referência a Bachelard. E a respeito de* Michel Strogoff, *o senhor escreveu: "É o programa de Bachelard, no nível ideal [...] Aí, no último momento, tudo é dado num golpe, fuzilamento, blocos de gelo, água fervente (o pote de punch, Hoffmann, Edgar Poe, Bachelard)." Essa referência a Bachelard e essa associação Hoffmann, Poe, Bachelard: qual é sua importância para o senhor e sua compreensão de* As viagens extraordinárias?

— Essa parte do livro comporta um traço de juventude. Quando era estudante, conheci Gaston Bachelard. Eu o li. *A água e os sonhos, O ar e os sonhos, A terra e os devaneios do repouso* etc. Ora, *Michel Strogoff* termina com um incêndio em Angara: a água ferve... Mas prefiro uma outra história sobre esse riacho. Aqui está.

Durante uns vinte anos, conheci Annette Schlumberger, filha do geofísico fundador da célebre companhia especialista em exploração petroleira desde 1935-1936. Conrad Schlumberger, homem de esquerda, contribuíra para romper o bloqueio a que os Aliados haviam submetido a URSS depois da Primeira Guerra Mundial e a revolução de Outubro. Como os petroleiros do Texas haviam se recusado a validar seu diploma, Conrad partiu com sua filha para a URSS entre as duas guerras mundiais. Annette se lembrava perfeitamente — ainda que fosse muito jovem naquela época — de que, com seu pai, ela almoçava ou jantava muito freqüentemente no Kremlin com

Stálin. Porque, desde as primeiras perfurações em torno de Baku, em todos os poços de petróleo nas proximidades do mar Cáspio, o sucesso coroara suas técnicas. Antes então que as companhias ocidentais o fizessem ir para o Texas, o governo soviético o honrava com seu reconhecimento e Stálin o convidava. Um dia, o Pai dos Povos lhe fez a seguinte proposta: "— Senhor Schlumberger, vá prospectar nos arredores do lago Baical!"

E Conrad: "— O senhor sabe, camarada [será que chamava de camarada o Pai dos Povos? Quem sabe?], as condições geológicas se opõem à presença de petróleo naquele canto da Sibéria."

"— Como? Mas eu estou certo de que há petróleo lá, dos arredores do lago até a vizinhança de Irkutsk."

"— Eu o certifico que não" — respondeu Conrad —, "e creio saber um pouco de geologia, lhe asseguro..."

"— Tem sim!"

Quando Stálin dizia alguma coisa...

— *... era melhor não teimar com ele...*

— Então, Conrad perguntou:

"— Como o senhor sabe?"

"— Elementar, caro Conrad [Ignoro obviamente se o camarada Pai dos Povos o chamava de Conrad.] — disse-lhe Stálin. — O senhor leu *Michel Strogoff*? Se sim, o senhor sabe, pelo fim do romance, que uma inundação de nafta recobre a superfície de Angara até a altura das fortificações de Irkutsk; os tártaros ateiam fogo ali. Então tem petróleo. Vá!"

Do alto de seu bigode, o camarada ordenou então pesquisar entre a cidade e o lago Baical, ao longo do curso de Angara, baseado na simples confiança de leitor na narrativa de Verne! Evidentemente, Schlumberger nada encontrou.

Eu prefiro essa história à de Bachelard. Minha citação, bom... não é realmente boa crítica.

— *O senhor vai me responder o mesmo sobre todos os outros ou posso continuar?*

— Continue.

— *Suas outras referências são também um traço de juventude? Sófocles, Joseph Conrad, Freud, Dumézil.*

— (Risos.) Dumézil apresentou à minha geração a história das religiões indo-européias. E a um método comparativo bem-sucedido. Se renuncio a Bachelard, fico ainda com Dumézil.

— *Mas eles não são os únicos, Bachelard é associado a Hoffmann e Edgar Poe, Dumézil é associado a Conrad, Freud e Sófocles...*

— Bachelard analisa Hoffmann e Poe a respeito do fogo e da água, dois dos quatro elementos materiais, que o ar e a terra completam. Quanto às relações entre Michel Strogoff e sua mãe, sem surpresa, elas evocam Édipo. Mas Dumézil vai mais fundo na análise da narrativa do que Freud. Já dissemos isso.

— *E Joseph Conrad?*

— O Conrad, que era viajante, também tem um lado Júlio Verne: *Typhoon* [Tufão], que bela entrada na vida! Por volta dos meus vinte anos, eu vivi a mesma experiência: seis dias no mar, num barco perdido. O Almirantado nos considerava desaparecidos. Que sorte, e que belo início na vida também!

— *Sim, é um viajante... E Méré, Pascal, Bernoulli, Leibniz...? "Compreendo por que Leibniz dizia que as* Meditações *de Descartes e um pedaço de cera eram um romance de física", diz o senhor (*Jouvences*, p. 241).*

— Essa seqüência de nomes evoca um passado científico ao qual Júlio Verne se volta às vezes e seus romances o supõem.

Méré, Pascal, Bernoulli geram, com efeito, no século XVII, uma herança preciosa sobre os grandes números, as grandes populações, a análise do acaso, a aposta, a probabilidade. Mas o positivismo ambiente mais criticava essas disciplinas do que as adotava. Júlio Verne conhece melhor o século XIX.

— *Inclusive o tratamento das probabilidades nos grandes grupos populacionais?*

— Sim.

— *O senhor diz a respeito do* Chancellor: *"Essa narrativa e também todas as outras, e isso sem exceção, são recheadas de longas listas de comidas, como em Dickens, Rabelais, Cervantes"* (Jouvences, *p.176). São escritores que o senhor evoca várias vezes... Mas a comida em Júlio Verne... O senhor acha realmente que nele o alimento está muito presente?*

— O tempo todo! A obsessão com a falta de comida nunca pára!

— *Não há refeições como em Rabelais!*

— As refeições por certo não dominam, mas há muitas. Que preocupação leva aos projetos de *A ilha misteriosa*? Produzir alimento e conservá-lo. O século XIX não dispõe ainda das técnicas de conservação de que dispomos; uma longa viagem deve então fazer dobrar as preocupações constantes: caça e pesca. Caça-se para comer em Verne. O mundo ainda oferece muita caça.

— *Não se come, cria-se uma indústria que permite se nutrir, não são festins, nada de epicurista nem de picaresco.*

— Considere então a aparelhagem de uma escuna: com que intensa atenção se fazem a lista e o embarque dos víveres! Eu comparara as narrativas dessa preocupação com a literatura espanhola do tipo do Lazarillo de Tormes, com os romances picarescos que evocavam tantos festins quanto havia carência nas cidades de pão e sal. Comparei a intensidade desse tema às pulsões sexuais e apostaria — mas isso me interessa menos agora — que a literatura sobre a fome supera em muito, ao menos em volume, aquela que fala sobre sexo. A humanidade viveu por mais tempo e com mais freqüência sob o perigo da fome do que sob o jugo do desejo. Que eu saiba, arriscamos mais morrer daquela do que deste. Uma psicanálise da fome me parecia então mais decisiva, quero dizer, mais longamente humana, do que uma psicanálise da sexualidade. Esta supõe populações ricas, definitivamente protegidas da fome. A atenção à alimentação vem antes da satisfação do desejo sexual; ela é mais profunda, mais arcaica, mais letal.

— *O senhor aborda isso em* Fogos e sinas de bruma: Zola[49]...

— Sim... Pense no terceiro e no quarto mundos. Pense nas revoltas que a fomes começa e fomenta... até na Revolução Francesa. Pense mesmo, mais atrás, nas erradicações de grupos humanos destruídos por essa necessidade. Como, senão por ela, os gêneros humanos diferentes do *sapiens* desapareceram, erradicados? Imagine o mundo numa época em que existiam, em que se cruzavam várias espécies humanas... Sim, o estômago vem antes do sexo. Sob risco de morte individual, coletiva, genérica até, é preciso primeiro comer. Na época de Verne e quando eu estava redigindo *Zola*, estava preparando um livro intitulado *O festim e a ceia*, em que fazia uma avaliação da literatura da fome. Não o publiquei.

— *O senhor diz que Júlio Verne acumula para seus leitores todos os gêneros e todas as categorias animais, vegetais ou minerais, mas também: "Não basta pretender passar por todos os gêneros, é preciso que os indivíduos estejam em multidão: donde essa curiosa invariante das narrativas de Júlio Verne, a inundação dos animais, rios de bisões, marés de tartarugas, nuvens de gafanhotos, avalanches de gazelas, clamores das pessoas na planície. As viagens pelo mundo são uma perpétua caça, uma pesca miraculosa: a natureza é um guarda-comida. Eu entendo agora por que gostei de Júlio Verne. Era seguramente a salvaguarda, pelo sonho, da guerra, do sangue, das lágrimas e da fome. Contra as quais nada podia um menininho da Gasconha." O senhor tem quase as mesmas palavras em* Hominescências.

— Sim, ter passado fome, durante a guerra, ter passado muito tempo procurando ansiosamente o alimento da família, eis o que influenciou, de maneira decisiva, minha geração. Ela sempre tem fome. Cinqüenta anos depois, ainda tenho fome. Quando falta alguma coisa aos sete ou oito anos, sentimos essa falta toda a vida, mesmo na abundância. Obsessão de encher o guarda-comida! A idéia precedente sobre a pulsão induzida pelo medo da fome vem provavelmente dessa experiência precoce.

Nos grandes aglomerados, rebanhos e nuvens, provavelmente eu, desde então, mudei de visão, especialmente depois de ter lido o diário de bordo de sei lá qual marinheiro do século XVIII, que, no Puget Sound, dédalo de fiordes e de braços de mar dando acesso a Seattle, anota: "Não posso entrar nessa baía estreita por causa da quantidade de baleias." Tão apertadas umas contra as outras que pareciam se tocar. O veleiro não podia abrir caminho no interior dos canais. Não conseguia passar entre os cetáceos. Isso dá uma idéia, ao menos quantitativa, da "natureza", nos lugares inexplorados, nos anos que precedem

As viagens extraordinárias. Na Nova Zelândia, os maoris erradicaram mais da metade das espécies de pássaros, entre os quais o famoso dinórnis ou moa gigante; os colonizadores terminaram o massacre. Quando a América do Norte foi descoberta, contavam-se dezenas de milhares de cabeças de uma ave comestível: não resta uma única. Não nos damos conta realmente da ocupação do espaço pelas populações animais nessa época, nós esquecemos essas paisagens.

Para os festins, as caças de Júlio Verne são uma base objetiva, um suplemento da pulsão subjetiva da fome que eu estava descrevendo.

— *Uma base objetiva da exuberância...*

— Nós freqüentemente esquecemos as espécies extintas ou em vias de extinção: pássaros, peixes... Vá então à península do Labrador e à Terra Nova ver o desastre causado pela extinção do bacalhau. Do mesmo modo, passamos hoje num espaço rural sem camponeses e com menos animais do que o espaço visitado pelos heróis de Verne; nós vivemos num mundo mais exclusivamente urbano e humano, político para dizer tudo. Essa percepção realmente nova induz nossas ideologias.

Quanto aos rebanhos e às matilhas, a bulimia de Verne tenta avidamente absorvê-los: ela requisita essas grandes populações para tentar saciar a fome insaciável. Melhor ainda, quando um homem deseja atravessar os países, visitar todas as cidades, usar todos os meios de comunicação, encontrar todas as tribos, aprender todas as línguas, passar pelos desertos, montanhas, mares, pôr em cena todas as ciências, coletar as técnicas, as artes e os ofícios... ele não se contenta em devorar, mas acrescenta a essa fome uma infinita e bela bulimia de saber, de paisagens, de homens, que traduz num outro nível essa "pulsão de fome", esse querer devorar tudo o que for possível, à maneira de Rabelais. Essa pulsão arrebata tanto Gargântua e Pantagruel quanto Hatteras e Cyrus Smith.

Gosto desses dois autores por me terem transmitido essa maravilhosa doença, tão preciosa para o filósofo, amante das totalidades. Sem as três viagens pelo espaço do mundo, a enciclopédia das ciências e o gênero humano, não haveria filosofia.

Simples ou fácil?

— *Já falamos da enciclopédia, mas não ainda dos dicionários. O dicionário encerra por definição as coisas pelas palavras que lhes são relativas. Ele pára o sentido da palavra num dado momento, mas também a faz evoluir. Há no dicionário algo de fixo, já que serve de referência, e ao mesmo tempo algo de aleatório...*

— Antes do léxico, o atlas, que desenha e lista os mares e as terras emersas do globo. O senhor verá poucos lugares, poucas ilhas onde um navegador das *Viagens* não passe; um deles atravessará até os planetas do sistema solar. O atlas equivale a um dicionário dos lugares, com mapas e índices. As tais *Viagens* manipulam em seguida um dicionário das palavras: o senhor se lembra da cena em que Paganel aposta aprender mil palavras portuguesas de uma vez? Como ele perde e ganha ao mesmo tempo, pois todas as palavras francesas em "-tion" terminam de maneira análoga na língua lusitana? Mas eles folheiam principalmente um dicionário das ciências. Por qual saber não passam? E eis aí os heróis: um matemático, um aritmético, um geólogo, um astrônomo, um mecânico que resolve equações para ir à Lua... Conte, então: uma enciclopédia das ciências, um léxico da língua, um mapa-múndi espacial, o atlas, aí está todo o leque de dicionários. Acrescente até, eu lhe digo, um dicionário dos mitos, como os de Orfeu, Édipo, e o que cito sempre, Osíris, cujos membros do corpo são cortados e espalhados no Mediterrâneo e recolhidos por sua irmã Ísis; Orfeu mesmo, feito em pedaços pelas mulheres trácias, Dioniso... Enfim, um dicionário de dicionários. Um escritor precisa de outros livros?

Em segundo lugar, todos esses dicionários abertos evoluem, e Júlio Verne também. A ciência de *Cinco semanas num balão* não se parece com a que fecha o *Eterno Adão* quarenta anos mais tarde. *As viagens extraordinárias* fazem variar dicionários e enciclopédia, certamente, mas também o atlas, já que os tais viajantes cartografam sem parar, referenciam oceanos, rios, lugares, lagos, paisagens desconhecidas e por eles descobertas. As listas de todo dicionário figuram estágios, repositórios durante uma viagem, mais extraordinária ainda, no tempo.

— ... *Mas também pontos de referência!*

— Referência, marcas, sim!

— *Quando se lê um dicionário, quando se lê uma definição no dicionário, diz-se: aqui se toca uma verdade, a pedra de toque de nossa língua.*

— Para que ele evolua, exemplos de autores, citados em referência, o indexam. No século XVII, La Fontaine utiliza tal palavra, Diderot ou Voltaire a retomam no XVIII, e Hugo ou Zola no século XIX... assim se transforma sua semântica. Isso não acontece sem prejuízo. Peguemos um exemplo de mudança lenta: os cientistas que tomaram o poder na Revolução

Francesa impuseram o sistema métrico; eis, enfim, fixadas as unidades de medida e, além do mais, por uma codificação admiravelmente boa, referida muitas vezes em experiências objetivas, como, justamente, a medida do meridiano. Ora, cem anos mais tarde, o romancista das ciências e das técnicas, aquele que aos olhos do público passa por ser o mais especializado, intitula um de seus romances mais conhecidos: *Vinte mil léguas...*! Sim, *léguas*! Verne escreve "pés" mais freqüentemente do que "metro" e nem hesita em empregar, na Rússia, versta! Na Gasconha rural de minha infância, o "quintal" valia ainda cinqüenta quilos e não cem. Por certo, os camponeses, iletrados, se mostravam assim mais fiéis à etimologia do que os cientistas: quintal, que eu saiba, quer dizer quinta e não décima! Não se surpreenda então com a dificuldade que sentem hoje os anglo-saxões para mudar de sistema e nós mesmos, há bem pouco tempo, para passar ao euro.

Mudar de unidade exige uma transformação pesada e dura da visão e do domínio do mundo, pois asseguramos, na maior parte das vezes, esse domínio por meio da métrica. Já que pensar quer dizer pesar, *podemos pensar sem esses formatos?*

— *O senhor fala de valores métricos; uma vez definidos, eles são fixos, mas a palavra, a frase, a citação, são verdades relativas, para determinado uso! O que é verdade é essa citação ser de Diderot ou de La Fontaine e o sentido que toma uma palavra na utilização que dela fazem é fixado pelo uso. A diversidade das utilizações e as variantes não põem, todavia, em questão a verdade de um vocábulo.*

— Espere! A palavra "verdade" só pode ser empregada no caso de definições e de sistemas fechados. Ao contrário, uma área semântica se desenha com bordas flexíveis, sem fronteira precisa. Balzac transgride aquela que Diderot colocou, Diderot a que La Fontaine usou e La Fontaine a de Rabelais...

— ... *E o bom dicionário dá com essas variantes a riqueza de diferentes sentidos precisos para nos ajudar a formular nosso pensamento e a ajudar um escritor a escrever.*

— Isto. O campo semântico se parece mais com um conjunto flexível. Espera-se de uma "definição" (já que *finis*, em latim, quer dizer fronteira ou borda) que ela feche uma zona. Então, uma definição, digamos, de um losango ou de uma esfera, fecha distintamente seus sentidos. A definição de tábua* permanece, ao contrário, aberta: de onde vem que seja tábua de passar roupas, a tábua de logaritmos, a tábua das marés, da salvação, as Tábuas da Lei, a Lei das Doze Tábuas...?

— ... *E uma vez colocadas de ponta a ponta, essas diferentes tábuas, sem pretender a exaustão, já que outras podem existir, ali estão, reais, incontestáveis...*

— Eis algumas pontas de madeira, de papel ou de mármore, com efeito. Mas existe, de fato, essa idéia de tábua? O senhor não acha que Platão já fora o primeiro a se fazer essa pergunta?

— ... *Garantias e traços da experiência humana...*

— Sim, dicionários se chamam *Larousse do século XIX, do século XX, Littré, Robert*** etc. Essas referências com um nome e uma data indicam o estado da língua num determinado

* A palavra sobre a qual Michel Serres fará sua reflexão, em francês, é "table", que mais comumente designa "mesa", servindo, entretanto, para o amplo sentido de "tábua". Em português, sem perda do sentido de sua reflexão, nem da semântica, propusemos a adaptação direta para "tábua", que, por sua vez, poderia até ser a "tábua da mesa". (N.T.)

** Trata-se dos principais dicionários da língua francesa. (N.T.)

momento: o uso popular ou culto que diferentes edições do dicionário da Academia mostram também. Expus, recentemente, diante da Associação, o súbito desuso da maioria das técnicas, artes e ofícios durante os últimos trinta anos, provavelmente a mais rápida mudança vista em toda a história, ao mesmo tempo nas práticas e em seu vocabulário. Ora, essa parte de nossa língua, muito corrente já que em nossas conversações falamos muito de nossos trabalhos, essa parte tão importante da língua ruiu, inusitada, em menos de uma geração. Em compensação, o senhor se lembra de que, para a *Enciclopédia*, para catalogar os ofícios, D'Alembert e Diderot adotaram as pranchas que Réaumur tinha gravado algumas décadas antes? Nenhuma prática tinha mudado!

Em Júlio Verne, a ciência data de sua época, ou melhor, de antes de sua época. À parte a *Enciclopédia* do século XVII, poucos autores escrevem o dicionário das ciências num dado momento. De uma certa maneira, Augusto Comte e Verne o fizeram. Nós não escreveremos o mesmo: um professor universitário de minha geração mal ensina a seus estudantes a metade do que ele estudou na faculdade. Ao menos em razão do crescimento do número de pesquisadores no mundo, aumenta o quociente de velocidade e de transformação. A própria data de publicação de uma enciclopédia a abate, hoje, pela desatualização.

— *Há outra coisa no dicionário que me choca: seu lado elementar. Um dicionário restabelece as coisas numa série de definições das quais cada uma é elemento. Cada definição busca ser clara para ser entendida pelo maior número de pessoas...*

— Seria o ideal! Ah! Trazer os dicionários aos *Elementos* de Euclides, ter uma lista de palavras elementares a partir das quais poderíamos tudo definir! Infelizmente, tentou-se, Leibniz tentou essa sorte, mas não funciona. O único sucesso fica por conta da geometria de Euclides, justamente, na qual, a rigor, há um número restrito de saberes dedutivos ou precisos: Lagrange para a mecânica, Mendeleiev e Lavoisier para a química, Lineu para a história natural... Eis três linguagens, realmente universais, que partem, com efeito, do elementar: definições de estática, denominação dos metais ou dos ácidos, denominação latina das espécies e gêneros. Mas um dicionário, de fato, forma mais uma rede vibrante do que um feixe rígido; em todo caso não é um alfabeto, em que os elementos formariam simplesmente uma coleção de bases a partir das quais se esclareceria tudo...

— *E o aspecto elementar da definição? É a própria palavra "elementar" que me traz essa questão. Isto é: hoje, se o senhor diz que alguém escreveu um texto elementar, é provavelmente pejorativo. Quer dizer que é de um nível de escola elementar. É quase o jardim-de-infância. Eu me pergunto se o elementarismo de Júlio Verne não seria uma qualidade que, além da pedagogia, daria referências buscando sempre fontes simples. O elementarismo seria conectar entre si as fontes simples para encontrar mais o humano do que sua representação virtual. Mas hoje, tenho a impressão de que questionamos isso, é um pouco a história da ruptura entre a teoria pura e o senso comum...*

— O senhor diz com relação a Júlio Verne ou em geral? O senhor sabe, provavelmente, que "elemento" se constrói por meio das letras *l, m, n*... assim como "alfabeto" associa alfa e beta e "solfejo", *sol* e *fá*. Assim que se conseguem definir *elementos*, constrói-se uma *língua universal*: matemática, química, classificação lineana das espécies, notação musical...

— *Isso é francamente singular na obra de Júlio Verne, mas penso que em geral também. O que me surpreendeu em* Hominescências, *por exemplo, é que o senhor busca por si mesmo fazer-nos tocar coisas simples com o dedo. E, aí, concluo que há, de todo jeito, um problema. Certamente não é "por acaso" que o senhor gosta de Júlio Verne e nesse "por acaso" tenho até mesmo a impressão de que há alguma coisa em oposição, no senhor como nele, contra uma sociedade que não sabe ser simples, que empilha um mil-folhas administrativo fazendo-nos crer que sem isso a democracia seria impossível. O elementarismo é a simplicidade de uma democracia o mais direta possível. No caso de Júlio Verne, ser elementar para fazer com que o maior número de pessoas compreenda o maior número de coisas é fruto de um trabalho paciente. É o espírito de uma época. São mecanismos simples. Alguns dirão simplista e eu não concordo, e talvez seja por isso que estou lhe perguntando quanto a Júlio Verne e em geral: ser elementar tem um sentido não pejorativo?*

— Distingamos três elementos nesse grande caldo. Primeiro, a simplicidade, depois Júlio Verne, por fim, o que Michel Serres tenta fazer.

Primeiramente: não confundamos nunca o simples e o fácil. Simples, com efeito, não equivale quase nunca a fácil. Exemplo: nada mais simples do que a matemática, porque ela parte de palavras perfeitamente definidas, como acabamos de dizer; elas vão então do elemento, ponto sem dimensão, ou do número 1, a composições crescentes dessa simplicidade. Mas isso se torna logo terrivelmente difícil. Prova: mil pessoas quebram a cabeça em cima da matemática sem conseguir, pela vida toda, entender patavinas.

Ao contrário, uma narrativa fácil, mesmo para crianças, emprega palavras muitas vezes complicadas. "Eu te amo", expressão pouco simples, ainda que fácil, pode ter um sentido para cada pessoa, um outro para cada relação, e até mesmo um terceiro flutuando num tempo diferente ou até num mesmo tempo: eu te amo, agora mesmo, um pouco, muito, apaixonadamente, loucamente ou nem um pouco... Definida da pior forma possível, no entanto, todo mundo parece compreendê-la facilmente e a emprega a torto e a direito. Então o simples, matemática por exemplo, pode se tornar difícil enquanto essa declaração de amor, tão fácil, carece cruelmente de simplicidade. "Paralelogramo", eis uma palavra muito simples, precisamente definida, mas cujos teoremas associados logo se tornam difíceis. "Eu te amo", uma expressão da maior facilidade, mas que abre complexidades tamanhas que, salvo por milagre, todos os amantes do mundo acabam por se zangar, tanto que, lhe digo, todas as literaturas e religiões do mundo não as esgotaram ainda... No fim das contas, quem compreende esse "eu te amo", o que o diz, aquela a quem o discurso se dirige, aqueles que se lembram dele, os que o lêem, aqui e ali? Os amantes mais próximos e mais sinceros não folheiam, ao dizerem isso, o mesmo dicionário. Deus é Amor: dessas duas palavras, adivinhe, agora, a mais simples e a mais fácil.

— *Encontra-se aí toda a dificuldade dos ofícios da criação, o trabalho, o estudo que não se vêem... Para o escritor, são anos para encontrar a palavra exata em tom e sentido; para o ator, são anos de treinamento para exprimir uma emoção pelo gesto simples; para o pintor, o compositor, são anos para traduzir um sentimento complexo numa nota ou numa cor... Concordo.*

— Em segundo lugar, sobre Júlio Verne. O senhor tem razão, os críticos e comentadores desprezam certa classe de escritores. O senhor não conseguirá fazer alguém entre os doutos confessar o valor de *Cyrano de Bergerac*, de Edmond Rostand. Como se explica que, no planeta, qualquer diretor de teatro em situação de penúria, japonês, neozelandês ou zulu, monte *Cyrano de Bergerac* para salvar seu negócio? Isso acontece sempre, entre dez latitudes e quinze culturas! No entanto, Rostand não escapa desse desdém. Nem Alexandre Dumas. Em sua *Viagem à Rússia*, ele conta com humor e orgulho que os mujiques, como os nobres, sem deixá-lo em paz, perguntavam incessantemente: "Diga-me o que vai acontecer com Bonifácio e com madame Bonacieux?" Dumas permanece, não obstante, um escritor menor. Hergé também. Seu sucesso os teria prejudicado? Eu não desprezo esses educadores do povo, os meus.

A terceira coisa concerne ao que se chama "jargão". Eu me confesso culpado. Na época de *Jouvences*, estava saindo das escolas onde se cultivava uma gíria especial, jargão sofisticado. Eu a pratiquei, me arrependo, e reconheço que não há outra finalidade senão a de vedar o acesso aos excluídos da turma e da conversa. Sigo doravante, e há vinte anos, o caminho apontado pela tradição da língua francesa clássica, a de Boileau ou de Bergson; este último dizia: "O filósofo cultiva a arte de dizer coisas profundas em termos claros." Então evoluí do interior, esotérico, das escolas com vocação para o jargão, para um exterior aberto, de língua comum, porque a obscuridade parece garantir a profundidade, mas só dá a aparência. Nada mais fácil do que escrever de forma complicada, nada mais difícil do que alcançar profundidade redigindo de maneira simples. Nada mais fácil do que o triplo salto perigoso no trapézio, de olhos vendados, fumando cachimbo, basta treinar. Nada mais difícil do que uma frase transparente, um pensamento lúcido, uma descoberta elementar. Por quê? Porque é expondo-se assim ao olhar e à crítica que se corre o pior perigo, o mesmo que corre o inventor, de quebrar a cara. Gosto desse perigo. Vale a pena exprimir-se em plena luz, de maneira que cada um possa discernir o verdadeiro do falso, o profundo do superficial, o novo do remanejado. Isso justifica a empreitada de descobrir-se, de correr o risco. O jargão encobre uma covardia.

— *O senhor tem a impressão de se pôr em perigo agora quando escreve?*

— Eu queimaria, às vezes com ardor, o estilo no qual, por infortúnio, escrevi em minha juventude; não os conteúdos sobre os quais persisto e que assino, não as idéias, nem principalmente os personagens, que sustento sempre sem nada largar, mas uma certa maneira de escrever.

— *Júlio Verne sempre teve um estilo muito fluido. Essa magia particular que um leitor atento pode sentir vem dessa simplicidade elementar e não de um simplismo... Mas não há, no elementar de Júlio Verne, uma forma de construção do humano realmente simplista, uma falta de profundidade sobre a natureza humana?*

— Antes de passar ao humano, tão complexo, voltemos à sua preocupação com o elementar: "pássaro", eis uma palavra muito complicada. Todo mundo a compreende com facilidade, mas é um termo muito abstrato, nada simples. Por quê? Porque abrange milhares de espécies! Enquanto "colibri" ou "pterodatilo", palavras muito simples, correspondem a uma única ave. O pterodátilo, espécie fóssil extinta há milhões de anos, conheço, posso descrever, ainda que nunca o tenha visto e justamente por isso, aliás, com certeza ninguém encontrou jamais nenhum pássaro desses, pura abstração ou convenção de linguagem. Pássaro: fácil, mas não simples; pterodátilo, simples, mas não fácil.

— *Júlio Verne usa pterodátilo, então é simples... Ele tem um conhecimento dos textos antigos,* Ilíada, Odisséia, Eneida, *a* Bíblia... *basta para que tenha uma visão elementar.*

— Em sua época, muitos sabiam de cor a *Ilíada, a Odisséia* ou a Bíblia. Eis uma questão contemporânea. Você me pergunta se tal ou qual escritor, hoje, lê regularmente esses textos? Na época, eles constituíam a cultura comum: o grego, o latim, a Bíblia. Qualquer tabelião ou pároco do campo sabia de cor esses três textos.

— *Inclusive as referências a Virgílio?*

— Obviamente. Quando Júlio Verne entra no Yokull do Sneffels, na Islândia — eu fui lá, há alguns anos, a pé, de mochila nas costas, país maravilhoso! —, para afundar em direção ao centro da Terra, ele cita, no início do capítulo: *Facilis descensus Averni.* Eu me lembro, aos onze ou treze anos, o momento em que li esse escrito latino; que diabos quer dizer isso? Felizmente, as páginas rosa do *Larousse* me salvaram. Todo mundo — não minha família, claro — sabia de cor, até recentemente, esse verso de Virgílio que representava o momento emocionante em que Enéias pega a descida fácil, mas simplesmente terrível, que leva aos Infernos. Essa dica faz compreender que a *Viagem ao centro da Terra* conta sua própria descida aos Infernos, segundo a tradição de Homero, de Virgílio, de Jesus e de Dante, exatamente como seu herói, geólogo, seguindo as pegadas de Arne Saknüssemm, seu predecessor. Do mesmo modo, quando Júlio Verne traduz o *êxodo* do povo hebreu em *As aventuras de três russos e de três ingleses*, os leitores identificam sem falta essa tradução. É preciso nunca ter lido a Bíblia para não percebê-la.

— O testamento de um excêntrico, *que poderia muito bem ser o de Júlio Verne, inspira-lhe essa observação: "Não acontece todos os dias de um milionário ressuscitar. É preciso no mínimo esse milagre, ser filho de si mesmo ou herdeiro de sua própria fortuna para que dê certo. Ser o pai de sua obra e o filho único de seu produto, o Zola do* Doutor Pascal *bem pensou nisso, assim como o Sartre de* As palavras*: desfazer-se de toda a genealogia e encontrar-se engendrado pelo texto que se acabou de engendrar. É a Escritura Sagrada, segundo Melquisedeque". Morrer num jogo e renascer... É o motor das letras e das artes?*

— Sim. Eu acho que me lembro de que Alfred de Vigny dizia: "Que me importam meus ancestrais, eles descenderão de mim." O milionário do *Testamento* finge morrer e se designa como um de seus herdeiros possíveis; o conjunto dos legatários assim designados joga com quem ganhará esse grosso lote; o herói arrisca então sua própria fortuna na roleta e, por uma sorte inaudita, a recupera no fim do jogo, pois sai vencedor da partida. Para mim, aí está o retrato de um escritor. O que é um escritor, senão um homem que aposta sua fortuna a cada rodada? Do contrário, ele copia, cita, comenta, sem correr nenhum perigo. O escritor sabe que só ganha uma vez em milhões. Ganhar quer dizer *ressuscitar*, no sentido do *Testamento.* Que a obra permaneça após a morte. E a probabilidade que o leiam ou me leiam em seiscentos anos é infinitamente pequena... *O testamento de um excêntrico* me parece então ser o modelo, gigante e perfeito, da própria atividade do autêntico autor. Você reconhece os grandes por essa constante aposta da fortuna e da vida no jogo. Por esse risco, você reconhece, nas obras, o gesto inventivo. Eis o motor, perigoso, da produção de uma obra: a *ressurreição*. O milionário joga a cada página, a cada livro, a cada idéia, sua própria fortuna, sua própria vida, ele se expõe ao milagre improvável de se levantar, vivo, de seu próprio mausoléu. Abandona a figura do pai e se torna filho de si mesmo. Eis o autor de quem falávamos há pouco. Não somente ele aumenta, mas também ressuscita e faz ressuscitar o leitor; ele lhe dá vida.

— *O senhor disse, para começar, que considera Júlio Verne como um grande educador e diz ainda em* Jouvences: *"Os grandes educadores de Verne são as viagens mais do que os cientistas, os contistas também, Hoffmann e Poe. Os contistas de um certo tipo (*Jouvences, *p. 82). De que tipo?*

— O senhor sabe, Júlio Verne copia Edgar Poe em *A esfinge dos gelos...*

— *... E o prolonga dando um fim às* Aventuras de Gordon Pym, *seu romance que ficou inacabado.*

— Definamos então o tipo dos bons contistas para crianças ou bons autores de narrativas populares: seus textos podem ser lidos sob várias perspectivas — prática, erudita, psicológica, mística... Isso resume nosso capítulo e a multiplicidade um pouco diversa de seus temas: aí estão autores fáceis, inventivos, cultivados, acessíveis.

Crítica

— *"Verne, Zola e Freud escrevem no momento em que emerge a pergunta que agora só tem uma resposta certa: a escrita é uma energia, um texto é quantificável", e o senhor acrescenta a respeito de Júlio Verne: "Você dirá: o exemplo é privilegiado, tirado de uma obra em que a 'psicologia' é pobre. Resposta: a Clotilde do* Doutor Pascal *é avaliada da mesma maneira, como uma variável na economia energética da sala de trabalho. [...] Eu não analisei* Don Juan *de Molière de outra maneira" (*Jouvences*, pp. 199 e 201).*

O que esse olhar sobre a teoria crítica muda para o escritor, em nosso olhar sobre o escritor?

— O que se chamava "teoria", na época, me parecia bem pouco teórico. Ele não falava de energia quantificável, mas de codificações ou de formalismo, à maneira de Propp. Quantos conheciam a teoria da informação?

— *Por que "pouco teórico"?*

— Naquela época, estava lendo Léon Brillouin. Ele me parecia propor idéias profundas sobre a filosofia da física. Mas retomemos mais adiante: Freud não ignorava a física, o eletromagnetismo de Maxwell nem a termodinâmica; graças a seus colegas da universidade de Viena, ele conhecia bem as questões sobre a energia, muito em moda então. E ele construiu sua *Traumdeutung*, ciência ou interpretação dos sonhos, a partir de conceitos como a energia livre e ligada. A palavra "complexo" em si vem do que se chamou, desde então, uma "ponte de Wheatstone": trata-se de uma rede complicada, de malhas entrecruzadas, onde circula energia, mas onde a diferença de potencial entre a saída e a entrada é igual a zero. Uma formidável carga energética, então, mas imperceptível. Em 1861, um certo Listing, citado por Maxwell, publica um artigo, "Der Census raümlicher Complexe", em que se chama assim uma rede de malhas.

Ora, por volta dos anos 1930, os físicos conceberam o inverso da entropia, a neguentropia. Uma bolsa neguentrópica preserva contra a degradação da energia. E, como a vida, a informação, então a própria língua, têm valor neguentrópico. Eis uma nova energia, suave, com relação às outras, duras; virtual, se ouso dizer, mais do que material. Nós tratamos doravante tanto da primeira quanto da segunda e nos servimos tanto de uma quanto de outra. Ora, a importância dada à linguagem pelos psicanalistas mais recentes reorienta a teoria para essa energia suave mais do que para aquela de que fala Freud, ainda tributária da energia dura de sua época.

Quer uma imagem divertida da diferença entre a energia dura, a do calor, por exemplo e a energia suave, a da linguagem? Imagine uma locomotiva cuja energia passasse toda pelo apito. A dura, energeticamente falando, faz a locomotiva se mover e a suave, passando pelo apito, dá um sinal. Acidentalmente, esse sinal pode ordenar a partida da locomotiva. Dialogando ambas, mas móveis, por nossos membros, graças a um calor interno que às vezes chega à febre, não nos parecemos com duas locomotivas munidas de uma caldeira ardente e de um apito tagarela?

— *Sim, muito bem, eu vejo um pintor e seu cavalete e, numa tela, duas locomotivas postas num salão da Academia. Em* Paris no século XX[50], *Júlio Verne imaginou com horror o fim da poesia e da cultura literária. O senhor escreve: "A literatura vivia das terras desconhecidas, dos encontros possíveis, da ubiqüidade proibida, da suspensão do desejo: do que resistia à decodificação. Só haveria literatura onde a tradução pudesse intervir. Onde nenhuma energética pudesse fundir seus núcleos. Ela morre com o fim das viagens e com fim, em vista, de todo transporte"* (Jouvences, *p. 204).*

A literatura morre... está condenada?

— Não. Eu estava falando apenas da literatura de viagem ou de exploração. Em *A construção*, Kafka, por exemplo, põe em cena uma toupeira em sua toca. O senhor conhece descrição mais perfeita da paranóia? A galeria cavoucada toma um outro sentido além de um labirinto estritamente espacial. Considero a novela de Kafka como uma verdadeira descoberta, a própria palavra dizendo ao mesmo tempo um caminho espacial e o acesso a uma novidade. Não, a literatura não limita suas descobertas à do Alasca ou dos Arapesh, países ou culturas, ela inventa ou descobre terras desconhecidas em todos os sentidos, inclusive metafóricos, dessa expressão. Ela inventa tanto quanto a ciência e mereceria um lugar no CNRS*! Ela tem então um futuro infinito, sempre inacabado, tão animador quanto o caminho da invenção em geral. A exploração do espaço mundial num dado momento se encerrou, como dissemos. Mais livre de agora em diante para relatar a descoberta de uma nova península do Labrador. Mas eis outras invenções inesperadas: Kafka dá então o exemplo da *Viagem ao centro da Terra* durante a qual a toupeira e o leitor descobrem uma coisa completamente diferente dos estratos geológicos, as camadas profundas do eu paranóico.

De resto, a literatura inglesa descreveu, mais do que a francesa, a exploração de espaços e paisagens. Não há equivalente para nós de Joseph Conrad, por exemplo, exceto Júlio Verne, justamente. Nós exploramos mais a intimidade ou as relações humanas. Os anglo-saxões produziram mais literatura "externa": marítima, geográfica, espacial, paisagística.

---

*Centre National de la Recherche Scientifique (Centro Nacional de Pesquisa Científica). (N.E.)

— É, Júlio Verne é próximo, desse ponto de vista, dos escritores anglo-saxões. Ele também se beneficiou de uma difusão mundial durante cento e cinqüenta anos, um pouco como hoje o cinema americano... Que lugar o senhor daria hoje à literatura, considerando todas as suas manifestações? Isso o preocupa? Julien Gracq acha que há em todo texto 2% ou 98% de literatura. Ou seja, o texto mais banal compreenderia 2% e o texto mais elaborado, 98%. Ele deu esses números ao acaso para mostrar que, para ele, a paleta da expressão literária englobava, de uma certa maneira, todos os escritos.

— Variemos esse cálculo. A literatura administrativa, que hoje enche o universo, desenvolve, por sua vez, 0% de literatura. A declaração de imposto de renda, um impresso da Previdência, documentos de Administrações com A maiúsculo — abra bem a boca antes que ela o sufoque —, enfim, 60% do que se escreve hoje vem dessa fonte inesgotável de literatura cinzenta. Em segundo lugar, as mídias e a publicidade, incrivelmente repetitivas...

Mas penso de repente num outro crescimento. Eis aqui uma abordagem quantitativa. Quando, no laboratório do colégio, o senhor fazia experimentos de física ou química, você levava três ou quatro medidas ao papel para tirar dali, por extrapolação, um tipo de lei. Com poucos dados de detalhe, elaborava então um resultado mais geral, que absorvia grande parte dos casos. Ao contrário, hoje, os aparelhos de observação, automáticos, tiram fotos ou gravam dados em tempo real. Tiradas da oceanografia, da física nuclear, da astronomia, da bioquímica etc., essas observações preenchem disquetes que, empilhados uns em cima dos outros, percorreriam várias vezes a distância entre a Terra e a Lua. Por isso, nós quase perdemos a esperança de poder tratar esses dados, de uma ordem de grandeza gigantesca, para chegar às leis simples. Escritos, gravados, conservados, amarzenados em bancos, esses dados superam quantitativamente e em muito todas as literaturas e até os escritos da história. Eis um dos cálculos contemporâneos de crescimento dos mais impressionantes: ele diz muito sobre a marcha para o racional.

— *É bem reconfortante o que o senhor diz, porque isso seria dizer que os conhecimentos são infinitos e que estamos deparando com essa infinidade, pois somos capazes de medi-la... Por outro lado, que relativização do texto literário no maná que atravessará o tempo!*

— O número que Gracq anuncia é diferente para os dados de hoje. Mas se ele quer dizer, por esse cálculo, que a literatura traz o que há de mais precioso nessa nuvem cinza, eu lhe dou razão. A literatura da qualidade da de Gracq vale todos os diamantes de todas as golcondas*.

Desde os anos 1970, mudamos de mundo e mais ainda, de conhecimento do mundo. Eu gostaria de ter citado em *Hominescências* essa quantidade prodigiosa de informação adquirida sobre as coisas e sobre nós e ainda quase morta. Para cuidar desse problema, nós começamos a pôr em prática as "estações de computadores". É provável que o senhor receba um dia um telefonema perguntando quantas horas por dia seu computador fica desligado. Vão pedir que o empreste para processarem esses dados inexplorados. É preciso ao menos todos os computadores disponíveis atualmente.

Quanto aos escritos literários, ouvi dizer que, com relação ao final do século XIX, publicamos menos. Somente reedições fizeram número. Verdadeiro ou falso, não sei.

---

* Mina de pedras preciosas situadas no Paquistão, usadas aqui no sentido figurado. (N.E.)

— *Gostaria de voltar à sua evocação das codificações de Propp e saber em que o senhor considera seu trabalho crítico sobre Júlio Verne, Zola ou Faulkner como um trabalho científico, quero dizer científico no sentido em que Jean-Yves Tadié*[51]*, precisando o trabalho de Thibaudet, distingue três formas críticas: científica, jornalística e artística. O senhor nos deu algumas visões, como situa ou como se situa entre os teóricos da literatura?*

— Nunca fui classificado porque trabalho numa interseção vazia. Muito poucos autores julgados "literários" ignoram a ciência: Balzac sabia, Voltaire também, La Fontaine tinha traduzido Lucrécio e discutia a biologia animal de Descartes; nos seus *Cahiers*, Valéry não cessa de estudar matemática, de comentá-la, de pensar a respeito. Tentei mostrar, por exemplo, que o *De natura rerum* expõe uma física autêntica. Eu até precisei retraduzir muitas de suas passagens, e das mais conhecidas, onde termos de verdadeira ciência exata, matemática ou mecânica, passavam para o francês corrente, às vezes em termos da moral ou da psicologia. Imagine que um tradutor de Einstein traduz, numa outra língua, "relatividade" por "mais ou menos". Assim nós transformamos um autêntico tratado de física numa coisa açucarada, choramingas e melancólica. Outro exemplo: Pascal escreve uma matemática nova, então é melhor levá-la em conta para compreender seus *Pensamentos*. Eu escrevi também sobre Leibniz, cuja metade da obra, inventiva, transforma a ciência de sua época. Mas dividem-se em duas as obras em questão.

Além disso, a universidade, em todo lugar, divide os estudantes, professores e pesquisadores em cientistas que não sabem letras, e em literatos que não sabem ciência. Eu escrevi minha obra bem no meio de ambas as áreas. Os latinistas não compreendem física; os físicos não sabem latim: quem lerá então meu trabalho sobre Lucrécio? Ninguém. Os especialistas em Pascal não entendem nada de matemática; são raros os matemáticos que lêem Pascal; quem então se interessa por meu trabalho sobre Pascal? Ninguém. Etc. Não pertencendo nem a um grupo nem ao outro, fico, mais ou menos, sozinho, nessa interseção vazia.

Ora, não ensinar ciência aos literatos nem letras aos cientistas produz tamanho infortúnio na civilização que depois da crise relativa às letras nos anos 1970, assistimos hoje a uma crise das ciências mais forte ainda. Todos os anos perdemos candidatos às ciências exatas. E se o Ocidente serrasse alegremente o galho sobre o qual está apoiado?

— *E o senhor faz isso em* Hominescências...

— Não tente me consolar...

— *Eu quero apenas dizer que o que está escrito, está escrito.*

— Sim, eu escrevi uns quarenta livros sem muita eficácia...

— *Sim, mas poderemos sempre retomar* Hominescências *para compreender o que se passou no coração e na cabeça dos homens por volta do ano 2000... Compreender por meio de* Hominescências *o que se passou nas últimas décadas do século XX e os primeiros anos do século XXI não é uma questão de atualidade.*

— O senhor acha que o que pode acontecer depois da minha morte vai me impressionar? (Risos.)

— *O que deveria consolá-lo é ter escrito esse livro! Gostaria ao menos de voltar a essas "teorias bem pouco teóricas". A teoria crítica da literatura do século XX existe, ela produziu uma quantidade de conhecimentos impressionantes sobre os escritores, nossa relação com os textos, sobre os leitores; ela produziu a filologia romana, a lingüística, o formalismo russo, a semiologia literária, a crítica genética, o New Criticism, a crítica da consciência, do imaginário... A lista das áreas de pesquisa é impressionante.*

— O senhor me pergunta qual meu lugar nesse movimento. Eu acabo de descrevê-lo: nulo, ausente, vazio.

— *Eu não entendo por que Antoine Compagnon não lhe faz referência...*

— Para compreender a crítica à qual me dedicava, é preciso aprender coisas fora dos domínios em que trabalham a crítica e seus historiadores.

— *Por que não compreendem? Quando o senhor fala, parece compreensível.*

— O que o senhor quer que eu faça?

— *Sua crítica começa talvez onde o que se chama crítica teórica parou; em geral, na morte de Roland Barthes.*

— É possível.

— *Jean-Yves Tadié não vai além do fim dos anos 1970, Compagnon tampouco...*

— Que importa? As distribuições de prêmio variam com o tempo.

— *Para mim, é importante, me interessa. Eu tento compreender hoje as contribuições das teorias críticas e por que isso parou, onde parou.*

— Tudo pára, em geral, por falta de invenção. Nenhuma nova terra conquistada. Isso também parou por causa da desproporção entre métodos, ditos teóricos, muito complexos, e resultados, no total bem magros; em razão da lei dos rendimentos decrescentes. Você reconhece um bom método pela leveza mínima de suas ferramentas e pelo volume máximo de suas semeaduras. O pior: mínimo por meio do máximo; o melhor: máximo por meio do mínimo.

— *Antoine Compagnon lamenta que não se possa conciliar teoria, ciência e senso comum. O que o senhor acha? Aqui, eu assimilaria a teoria crítica a uma ciência na medida em que ela participa de um conhecimento novo do fato literário. O desconstrutivismo, por exemplo, nos ajuda a compreender a situação da literatura hoje. Essa maneira de dizer que o escritor não existe é uma espécie de suicídio, é dizer que o fim está inscrito na própria teoria. Haviam dito isso antes? Não é uma invenção que diz respeito à nossa compreensão do fato literário?*

— A teoria, caro amigo, permite, por definição, ir sempre mais longe. O saber traz consigo seu próprio dinamismo; fabrica seu tempo e sua própria história. Essa reconciliação entre a teoria, a ciência e o senso comum Júlio Verne a conseguira, não é? Exemplo contrário: entre os egípcios, o teorema de Pitágoras se repete durante quatro milênios sempre com a mesma aplicação numérica: 16 + 9 = 25; qualquer operário de senso comum pratica esse cálculo de olhos fechados. Aparece, de repente, entre os gregos, o mesmo teorema, mas realmente teórico e abstrato; por isso, esse esquema, nunca perdido até agora, produziu milhares de páginas de geometria. Antes, ele se reduzia a uma receita de cozinha, estéril, depois, reconhece-se que se trata realmente de ciência pelo que produz indefinidamente sua fecundidade. Não se pode ter melhor idéia da história do que a que essa dinâmica da matemática dá, sem nenhuma perda e com mil benefícios. A partir de um certo momento, um fio continua e não se rompe jamais. Se isso pára, não se tem mais ciência. Se a teoria crítica morre...

— *Há alguma coisa que não entendo! Claro, essa teoria crítica, esse aspecto da teoria crítica é dado como morto já que esses teóricos, desconstruindo, são dados como suicidas. O fio que os teóricos da linguagem depois da crítica literária estenderam desde o fim do século XIX continua aí.*

— O senso comum é difícil de definir. Por exemplo, essa mesa é muito dura, certo? Eu me apóio sobre ela, ponho os cotovelos nela. Ela tem resistência.

— *Estamos na biblioteca Mazarine, deve ser madeira boa.*

— Sim. Só que do ponto de vista atômico, eu deveria passar através dela. Dois fenômenos parecem evidentes do ponto de vista do senso comum: esse carvalho resiste, decerto, mas as partículas desses átomos se movem num vazio tamanho que eu deveria poder passar a mão e o braço através delas. Eis duas percepções tão evidentes uma quanto a outra. Tente conciliá-las! O sentido comum se reduz, então, mais freqüentemente, às referências subjetivas desses velhos conservadores resmungões. Nós muitas vezes tomamos nossos velhos hábitos pelo senso comum, que temos, além do mais, a audácia de julgar universal ou, ao menos, estável na história.

— *O senhor também escreve: "Eu disse que a crítica literária era uma física: estuda-se a obra como um objeto da natureza para descobrirem-se suas leis." E mais adiante: "Existem muito poucos critérios em crítica. Talvez nenhum. [...] De fato, há um, é seguro, mas severo. De uma exigência assustadora. É o critério do esgotamento [do texto]..."(*Jouvences*, p. 103). O que ganhamos ao esgotar os textos? O que ganha o leitor?*

— Duas questões: a primeira sobre a física, a segunda sobre o esgotamento.

"A crítica é uma física": o senhor encontrará essa frase no *Tratado teológico-político* de Spinoza, quase no começo. Ele estudou o texto da Bíblia sobre esse princípio.

A segunda questão diz respeito ao critério de esgotamento. Existe um critério em crítica? A crítica deveria ser uma boa disciplina no que se refere aos critérios, já que seu título até repete a palavra. Eu me dera o critério do esgotamento: numa dada obra, a boa teoria permitiria então deduzir todos os desenvolvimentos, todas as metáforas, todas as vírgulas, enfim, o texto global e seus detalhes. Eis o critério do esgotamento. A questão sobre a física implica uma outra, sobre as condições necessárias, enquanto o esgotamento implica a condição suficiente. Ora, tem-se a tendência de confundir necessário com suficiente.

Chama-se "condição necessária" aquilo sem o qual um fenômeno não existiria. Por exemplo, se não tivesse um pai e uma mãe, tal filho não existiria; grande descoberta. Bem ao contrário, a condição suficiente esgotaria absolutamente a existência inteira e todos os detalhes dessa criança: a cor de seus cabelos, de seus olhos, o desenho de suas mãos, seu perfil, suas doenças; finalmente, seu destino e sua singularidade. A condição suficiente esgota as questões. Quem não a vê inacessível? Ora, as mencionadas teorias não dão nunca mais do que condições necessárias para uma dada obra, sem nunca chegar à suficiência.

Por exemplo, Proust: burguês, asmático, homossexual etc. tinha tal ou qual relação com sua mãe. Muito bem. Mas você pode mostrar quarenta mil pessoas que têm a mesma relação com a história, a sociedade, a sexualidade, os pais... mas que não escreveram *Em busca do tempo perdido*. O senhor emite condições, mas tão gerais que elas não têm quase nada a ver com o que diz, porque se trata de uma obra específica, individual e singular. Ora, quem pode apontar a razão desse singular? O senhor só me dá sempre uma condição genealógica, lingüística, formal, psicológica, social, econômica, política etc., tão geral que isso poderia ser dito de qualquer coisa e de qualquer pessoa. Essas condições necessárias se arrastam todas na corrente.

— *É aterrador, isso leva a uma reificação sem fim do indivíduo?*

— Não, isso quer dizer, ao contrário, que o indivíduo e, singularmente, sua obra, escapam a essas generalidades. Quem pode dar a razão da singularidade?

— *O indivíduo consegue escapar da reificação, isso não impede que o processo de reificação exista e seja aterrador.*

— Os críticos acumulam indefinidamente condições necessárias. A verdadeira condição chegaria à suficiência. Nenhuma teoria consegue porque todas só produzem condições necessárias. Para que ela se aplique realmente, será preciso que esgote a totalidade dos parâmetros individuais da obra ou a totalidade das condições por um dado condicionante, como diz Kant: que aquele livro azul, escrito por Untel, nasça em 2002, na época em que Jospin se tornou primeiro-ministro, com Chirac como presidente, enquanto o CAC 40* subiu x pontos... Não há milhões de pessoas nessas condições e que não escreveram esse livro azul? Para escrevê-lo, é preciso mais do que essas condições históricas: Jospin, Chirac e o CAC 40 abrem a lista interminável das condições necessárias, nunca

* O CAC 40 é o principal indicador da Bolsa de Paris, criado pela Companhia dos Agentes de Câmbio. É atualizado diariamente, a cada trinta segundos, das nove às dezessete horas. (N.T.)

suficientes! Isso me parece uma distinção decisiva. Eis por que o critério de esgotamento se faz do lado das condições suficientes. Eu tentei, claro, ir até o mínimo detalhe de uma narrativa, mas aí está... tende ao infinito.

— *"A obra é um feixe de espelhos"* — *o senhor escreve* —; *"capta, intercepta, transmite. Um ponto de radiações cuja origem não se sabe, já que a própria matéria do mundo é feita de grãos luminosos. E a nuvem forma a obra, cuja especificidade não é senão o arranjo do feixe. Ela põe uma ordem temporária na desordem original"* (Jouvences, *p. 190). Não é a sociedade que produz o livro. É o autor que produz essa invenção.*

— Tentemos fazer de outra forma. Pegue uma taça de prata. Encha-a de leite até a metade. Acenda uma vela e aproxime-a devagar da taça de prata e da superfície branca. Observe o leite. Você verá se formar, na superfície, uma espécie de coração luminoso. Muito simples, esse fenômeno se chama "cáustica por refração". Os raios da luz se transformam em outra curva, dita cardióide, o círculo da borda da taça. Eu posso explicar no quadro, mas deixemos pra lá. Eu tento aplicar esse gênero de transformação em *Jouvences.* Partindo de uma dada obra, eu analiso outras, "transformadas" por essa primeira obra, segundo algumas regras. Em outras palavras, como um texto se transforma em outro? O Êxodo bíblico se torna *As aventuras de três russos e de três ingleses,* como o círculo de prata se transforma em cardióide brilhante. O senhor se lembra da palavra: a crítica pode se tornar uma física? Aí está: aplico à crítica (a transformação de uma narrativa em outra) uma regra de transformação que me ensina, aqui, a ótica dos raios luminosos. Eu tomara em outro lugar como exemplo *Luz em agosto,* de Faulkner; ele escreve transformando assim passagens que se podem encontrar no Evangelho segundo são Lucas. Eu pude mostrá-lo.

— *O senhor escrevia já em 1974, juntando certas identidades entre Kipling, Frazer, Nietzsche e Verne: "Eles são todos iguais e todos diferentes"* (Jouvences, *p. 253). Não estamos num ponto nevrálgico da compreensão das identidades contemporâneas? "Todos iguais e todos diferentes" não é a relação do indivíduo com a sociedade que está em questão, de que a produção literária seria apenas uma expressão exacerbada?*

— Num livro mais recente, *O incandescente*, eu descrevi longamente a diferença que via entre pertença e identidade. As expressões identidade cultural, regional, religiosa, sexual etc., tão usadas hoje, são erros lógicos grosseiros. Primeiro porque me parecem confusas, mas também e sobretudo porque são graves erros políticos, já que o racismo consiste exatamente em reduzir a singularidade individual de uma pessoa a um dos grupos a que ela pertence.

Mas a respeito da identidade em matéria de crítica literária, eu digo que uma boa chave só abre uma porta. Se uma chave abre todas as portas, ela se chama chave mestra. Então, toda teoria da literatura que só dá condições necessárias se reduz a uma chave mestra. Se explicar todas as coisas, perde a individualidade. Uma chave mestra tem sempre razão! Ninguém pode falsificar uma chave mestra.

— *Ela só é chave mestra para um certo tipo de fechaduras.*

— Para desenhar e depois fazer uma boa fechadura, deve-se cinzelar de maneira que não se pareça com nenhuma outra. Uma mesma singularidade não caracteriza a obra? Então, para explicá-la, você deve cada vez forjar uma crítica nova. Uma teoria geral acaba numa chave mestra. As condições necessárias entram em todos os lugares, valem por tudo e se distinguem, assim, das suficientes, que produzem o singular.

— *Há em* Jouvences *um senso de humor presente em frases como: "Não é forçar o texto querer que isto seja uma metamorfose"; mais adiante: "Dirão: está exagerando. Resposta no texto." Tem-se realmente a impressão de que o senhor gosta de brincar. O senhor parece dizer que esse trabalho crítico é um jogo formidável.*

— Sim! E por várias razões. Júlio Verne também brinca. Vários de seus romances começam por jogos de decodificação. A decifração de um texto precedente, muitas vezes descoberto por acaso, gera a própria narrativa. No início de *Viagem ao centro da Terra*, o professor dinamarquês Lidenbroeck decifra um escrito secreto, enigmático e codificado, assinado por Saknüssemm, nome de um antigo alquimista, como se a narrativa remetesse a um outro texto anterior, escrito em caracteres rúnicos. Outros jogos ainda aparecem aqui e ali: *O testamento de um excêntrico* transforma o jogo do ludo, aumentando-o à escala do mapa geográfico dos Estados Unidos. Eu encontrei, em seguida, esse ludo em certos romances do ciclo dos *Rougon-Macquart*.

— *Júlio Verne é jogador, é incontestável, e os seus próprios jogos?*

— O jogo da enciclopédia, o do atlas, o das cartas, o jogo da mitologia, do amor e do acaso... *Jouvences* joga com Júlio Verne porque o autor dá a oportunidade, do mesmo modo, de maneira elementar, com suas próprias narrativas. "Eu me transferirei um dia para lugares considerados augustos", dizia eu na época.

— *Que diferença o senhor faz entre o autor e o escritor?*

— Escritor, nome de ofício.

— *O escritor não é necessariamente autor...*

— Com efeito. Nos países onde pouca gente sabe escrever, o escritor público redige, fora, na feira, cartas de clientes, que lhe são ditadas. "Escritor" evoca uma prática, um ofício, enquanto que um autor, como dissemos, faz crescer seu assunto, seu leitor e si mesmo. Sem esses três crescimentos, não há autor.

— *O senhor dizia em 1974 no* Le Monde, *depois da publicação de* Jouvences, *que "um texto deve ser considerado como um todo e confrontado com um outro todo, social, científico, político ou mítico". É praticamente essa idéia que o senhor retoma em* Hominescências...

— Exceto que, nesse último livro, todo comentário, por fim, desapareceu. Ele fala das coisas como são.

Crise da literatura

— *Há uns trinta anos, o senhor escreveu o seguinte: "De um certo modo, o nascimento das ciências data de muito pouco. [...] nossos filhos não reconhecerão mais com tanta facilidade os arcaísmos de nossa juventude. [...] Uma aceleração exponencial nos arranca dos precursores. [...] Logo, mas a data já está aí, a história de uma ciência não falará mais da mesma ciência de que hoje trata realmente. Tenho idéia que um terremoto tão violento quanto este revolucione a república das letras e das artes. Uma biblioteca se torna um campo de escavações. Zola e Verne estão aí misturados com aluviões de uma outra era. Eles têm uma comunidade, um ar familiar, que os faz parecer com ancestrais mais longínquos. Como se a distância que os separa dos autores anônimos perdidos na noite das lendas fosse muito mais curta do que aquela que os separa de nós"* (Jouvences, *pp. 227-228).*

Suponho que a ciência emita suas respostas a esse "terremoto" que separa história e evolução contemporânea; durante nossas conversas, o senhor apontou algumas delas, o método, o raciocínio, o rigor... O senhor vê a literatura emitir as suas?

— *Hominescências* descreve um terremoto fundamental, de largo e longo alcance. Embora só apareça nesse livro, era perceptível bem antes dos anos em que o escrevi; eu me lembro de ter tido a intuição, desde os anos 1960, de que vivíamos o fim do Neolítico. Essa fissura me parece mais profunda do que a do Renascimento, por exemplo, já que ela afeta nossa relação com o corpo, por nascimento e morte; com o mundo, pelo fim da agricultura, e com os outros, pelas comunicações. Eu chego a dizer que ela tange mais à evolução do que à história. Por isso, outras sacudidas afetaram, como por contragolpe, nossas disciplinas literárias e científicas.

A cultura clássica desmorona nos anos 1960. Meus professores de filosofia não traduziam nem os textos latinos nem os gregos, nem os alemães, por exemplo, que são as três maiores línguas da disciplina. Já eu, ensinando, me dirigi a uma geração que foi privada de latim e grego. Essa supressão, talvez inevitável, foi organizada. Depois da tradição clássica, a transmissão religiosa desmoronou, acentuando a dificuldade de acesso, por falta de meios, a um certo número de obras: a Idade Média, a Renascença, a idade clássica se tornaram mais difíceis de compreender. Vá, por exemplo, à Comédie-Française, ver *Polyeucte** e verifique a que ponto mesmo os melhores diretores não a compreendem mais. Quando o herói afirma sua fé, ele

* A Comédie-Française, fundada em 1660, é a companhia de teatro estatal francesa. A tragédia *Polyeucte* é de Pierre Corneille e foi representada pela primeira vez em 1643. Trata do martírio de um dos primeiros cristãos, Polieuto. (N.T.)

tem um ataque epiléptico e rola no chão, babando. A religião se torna patológica. Mesmo o Século das Luzes e sua crítica à religião, como entender? Esse corte data dos anos da crise dos estudos literários...

— *Crise dos estudos literários mais do que dos estudos científicos?*

— Vivemos hoje, nos anos 2000, a mesma crise nas ciências exatas. O público não o sabe ainda, os políticos, muito pouco, mas a vemos no ensino superior. Nas universidades americanas, nos departamentos de matemática, física etc., faltam cruelmente estudantes há uns cinco ou seis anos. Vi então essa crise começar nos Estados Unidos há alguns anos e agora nos diz respeito. O reitor de uma universidade francesa informava recentemente que recebia, no primeiro ano, cem estudantes hoje contra mil há dez anos. Recrutamos poucos para as ciências exatas porque a sociedade não faz mais a relação entre seus meios e seus fins.

— *Isso leva a uma perda de conhecimentos?*

— Não, outros ainda acreditam neles. O Ocidente os "cata" no Terceiro Mundo. Pode-se prever que na França os professores de matemática, física e química, em cinco ou seis anos, serão importados, como acontece há muito tempo nos Estados Unidos. Nós empobrecemos ainda mais os pobres. A crise das ciências começa então uns trinta anos depois da crise das letras. Elas são parecidas. O terremoto mundial, vital, cultural e social da segunda metade do século XX tocou primeiro as humanidades, mas preocupa as ciências teóricas. Podem-se prever conseqüências severas.

— *Para o senhor, qual é a origem da crise da literatura?*

— Antes dos anos 1950, poucos franceses passavam pela universidade; depois dos anos 1970, essa proporção aumentou maciçamente. Um exemplo: suponha que os autores de *A modificação* e *Sexta-feira** tivessem entrado ambos na École Normale, eles teriam escrito uma tese, um sobre Balzac, outro sobre Michelet. Eles estariam arruinados, perdidos para sempre para a criação literária.

— *O senhor fez a École Normale e não está arruinado! Gracq fez a École Normale e não está arruinado!*

— Pergunte-lhe o esforço que demandou. Uma energia sobre-humana porque você tem de se livrar, não dos defeitos, o que é fácil, mas das qualidades. Qualidades de seriedade, precisão, aplicação, tenacidade, falsa e verdadeira modéstia. É preciso se livrar de um modelo animador e aterrador de excelência. De um superego ainda mais cruel porque produz uma imagem de saber absoluto. Pelo excesso de crítica, de comentário, de história, de teoria... a universidade me parece uma das responsáveis pelo esgotamento da criação literária. Quanto mais se comenta, menos se inventa. Melhor seria pedir aos estudantes que contassem suas férias do que escrevessem o milésimo trabalho sobre Shakespeare! Os grandes escritores de que o senhor fala se salvaram da universidade. Rabelais já disse, Molière o repetiu, Marivaux, Hugo e Musset também... quase todos e o próprio Sartre. Ora, de repente a sociedade quase inteira enche a universidade. Saindo às vezes dessa instituição, os jornalistas repetem os antigos esquemas de sua tenra juventude. De um

* A referência é a Michel Butor e Michel Tournier, respectivamente. *Sexta-feira ou A vida selvagem* e *Sexta-feira ou Os limbos do Pacífico*, de Tournier, foram publicados aqui pela Bertrand Brasil. (N.T.)

lado ao outro do corpo social, sempre e em todo lugar o mesmo formato. Inventar nesse esquema e nessas condições se torna logo difícil. A liberdade de inventar passa pelo direito de se estabelecer por sua própria conta. Para decidir é preciso santidade. A universidade proíbe o único ato intelectual válido, a invenção.

Por que essa dificuldade de se livrar do modelo universitário? Eu repito, porque esse modelo acumula todas as qualidades: excelente quanto aos métodos, completo quanto ao saber, preciso quanto aos detalhes, rigoroso quanto à honestidade, por fim, virtuoso quanto à modéstia. Se ele por fim apresentasse alguns defeitos, tornaria a luta mais fácil. Como preenche todos os requisitos da excelência, torna-se quase impossível. Melhor ainda, essas virtudes e qualidades só se cultivam lá! Em outros lugares, parecem perdidas. Empreender, no entanto, essa luta ultraparadoxal traz o risco de levar à invenção.

— *O senhor não acha que nossa época está madura para inventar, de algum modo, uma tradução literária da hominescência? Ainda mais que possui várias ferramentas novas...*

— Há várias décadas, como já dissemos, estou procurando uma nova forma de expressão. Essa busca é ainda mais necessária porque estamos vivendo um tempo de Renascimento.

Na América

— *Como um filósofo da ciência francês se tornou professor no mais alto nível das universidades americanas?*

— Eu comecei a lecionar nos Estados Unidos, em 1968-1969. Foucault, Deleuze, Derrida, eu, outros ainda, exportamos para os Estados Unidos a filosofia de língua francesa, antes que a geração seguinte importasse para cá a filosofia americana. Mas eu não fui só aos Estados Unidos; lecionei um pouco por toda parte, no Canadá, na América Latina, Ásia, Austrália... em Tóquio, em Seul, em Lima ou Sidney, para tentar compreender a pesquisa e a universidade em outros países. Chame isso de globalização, se quiser... Nos Estados Unidos mesmo, lecionei em sete ou oito universidades diferentes; agora estou fixo em Stanford há uns vinte anos, não muito longe de São Francisco, na Califórnia.

— *Existe um Michel Serres americano e outro europeu? O senhor lecionou da mesma maneira nos Estados Unidos e na França?*

— Leciona-se menos para estudantes de Paris ou de Stanford do que a uma mistura provinda de línguas, culturas, etnias, continentes diferentes. Aqui ou lá, o título da mistura muda, isso é tudo. Mais africano aqui, mais asiático lá. Se o professor não tiver nenhuma experiência dessa globalização, como essa marchetaria, esse mosaico poderia ouvi-lo? O ensino dispensa conteúdos de horizonte comum: globalização das ciências ou saber universal, adquirido, segundo as disciplinas, há milênios ou séculos. Dito isto, nos Estados Unidos como no Japão ou em outros lugares, é preciso levar em conta a cultura local, gestual, a maneira de falar, discutir, discorrer, inter-relações, gracejos... Mesmo conteúdo, modalidades diferentes de ensino; mesmo fluxo, canal variável.

— *Ser professor nos Estados Unidos mudou sua visão de mundo?*

— Ah, sim! O que mais me choca é a idéia que se faz da América em outros países, em particular na França. Entre a América real, aquela em que a vida cotidiana mergulha, e a

América de que os livros, os jornais, o rádio, a televisão etc. falam na França, há tamanha diferença que me surpreendo todos os dias. A imagem que a América dá de si mesma e que as mídias propagam tem pouca coisa a ver com a realidade. A América conseguiu a proeza incrível de difundir de si uma imagem o mais diferente possível de sua própria realidade. Parece publicidade. Quanto mais um produto é artificial, mais o cartaz que o anuncia é tido como natural. Quanto mais ouço dizer que um país é avançado, mais observo seu conservadorismo.

Para conhecer um país é preciso viver nele, ter amigos que se freqüentam há muito tempo. Depois de vinte anos ainda descubro traços fundamentais que nunca tinha visto. Conhecer um país é uma tarefa longa, extraordinariamente lenta. Pode-se escrever um livro sobre um país quando se passou nele duas semanas ou três meses. Ao fim de trinta anos, aprendemos, ao contrário, que não o conhecemos suficientemente bem para escrever a seu respeito. Eu o conheço demais, ou não o conheço o bastante para ousar responder.

— Júlio Verne só passou um mês em companhia dos americanos quando fez uma viagem de ida e volta em paquete para visitar Nova York e as cataratas do Niágara. Ele tirou daí várias histórias, entre as quais uma novela, Le Humbug[52], *quase farsesca — coisa que o senhor chama de "difundir uma imagem o mais diferente possível de sua própria realidade"—, na qual descreve com uma caricatura feroz tanto os que produzem o fenômeno quanto aqueles que aceitam ser suas vítimas. Como ele conseguiu fisgar tão precisamente esse fenômeno?*

— No século XIX, reinava ainda na França, como na Inglaterra, a cultura do *understatement*, a lítotes. Quando alguém cultiva a lítotes, observa quem exagera ou se vangloria. Então, ele o via logo de cara.

— Da Terra à Lua *é o primeiro romance que ele dedica aos Estados Unidos. Aí a farsa se transforma numa gigantesca aposta, que vai dar certo... Não é só blefe, há também o sucesso. Os artilheiros de Baltimore, reconvertidos na pesquisa industrial e científica, reúnem um vôo tripulado que dá a volta na Terra, e volta sem danos... Vinte anos mais tarde, Júlio Verne retoma a mesma equipe no romance* De cabeça para baixo. *Eles se tornaram poderosos e participam de uma espécie de complexo financeiro militar-industrial. Seu projeto é de erguer o eixo da Terra para chegar às riquezas minerais do Grande Norte. Júlio Verne fez uma fábula...*

— ... Mais antiga do que se pensa. O eixo do mundo possui uma inclinação de 23,27°. Milton, em *O paraíso perdido*, disse que essa inclinação era devida ao pecado original. Antes em harmonia, a 90° na origem, o mundo se inclinou quando Adão e Eva pecaram.

Claro, essa inclinação marca as estações. Mas o puritanismo afirma: a ordem se perde? Nós devemos ter pecado. Vamos repor então as coisas em ordem, no estado, mais harmonioso, do início. Eis o preceito ativo da Reforma.

— *Exceto que não é o objetivo que anunciam. Seu objetivo é de chegar às riquezas minerais sob a calota polar.*

— Sim, mas, segundo Max Weber, atrás do capitalismo anglo-saxão se esconde um motor: o puritanismo religioso. Ora, nesse romance você encontrará um bom anúncio da tese de Weber. Reerguer o eixo do mundo equivale a voltar ao estado primitivo antes do pecado original. Voltar para antes do pecado faz descobrir tesouros: ligação da teologia protestante com a ética capitalista, segundo *A ética protestante e o espírito do capitalismo*. Essa tese torna inteligente um livro que, de resto, é fraco.

— De cabeça para baixo é *muito cáustico, é provavelmente a melhor comédia de Júlio Verne, uma tragicomédia, um gênero difícil. Júlio Verne vê aí, em 1889, uma sociedade capitalista disposta a tudo para desenvolver sua riqueza e seu poder. Há o símbolo e a fábula, há também esses industriais capazes de dizer sumariamente: mesmo se 25% da humanidade desaparecerem porque nós vamos provocar um abalo sísmico, não faz mal, são nossos interesses...*

— Não é antecipação. O capitalismo inglês sacrificou a Irlanda pensando que o progresso acabaria com a pobreza. Essa idéia persuadiu a América. Dar antes o dinheiro público aos ricos, motores da economia. Então os pobres ganhariam com o crescimento econômico progressivo iniciado dessa maneira. Nós, latinos, temos mais a idéia de repartir o dinheiro de forma mais eqüitativa, isto é, proporcionalmente, entre os ricos e os pobres, sendo que os últimos se beneficiam mais das generosidades públicas.

— *O debate de hoje é o mesmo de sempre...*

— Sim, a mesma discussão continua hoje entre os países latinos, onde a piedade reina, então há essa divisão; e os países anglo-saxões, que consideram que, assim fazendo, nenhum progresso acontece e que se leva a afundar os próprios pobres. Ao contrário, se damos dinheiro aos ricos, que são o motor da economia, aumentamos o bolo e os pobres poderão aproveitar também. Augusto Comte — fonte de Júlio Verne para as ciências — tem uma análise semelhante. Por exemplo, ele inventa a sociologia contra o economismo de Jean-Baptiste Say porque o dinheiro, diz ele, destruirá a unidade social. O que se diz em Porto Alegre hoje* data exatamente de um século e meio. Augusto Comte acrescenta: "Três grupos somente podem restaurar a unidade social: 1. Os proletários", ele o diz antes de Marx; "2. As mulheres", ele então prevê o feminismo; "3. Os criadores culturais ou a exceção cultural." Toda a discussão atual sobre a globalização e seus possíveis remédios estava expressamente anunciada em essência desde 1830-1840...

— *Encontra-se essa distinção entre países latinos e países anglo-saxões sobre o dinheiro?*

— Para os latinos, ter dinheiro significa: adquirir objetos, comer do bom e do melhor, dirigir um belo carro, usar uma bela roupa... Para os anglo-saxões, ter objetos permite fazer dinheiro. A relação se inverte. Gostamos da realidade das coisas; eles gostam do símbolo. Eis o retorno da velha discussão da Reforma sobre a eucaristia. A presença do corpo de Cristo é real ou simbólica? Traduzindo: o dinheiro é real ou simbólico?

— *E qual a conseqüência?*

— Que para nós o dinheiro circula menos, e para eles, a toda velocidade. Daí a vertigem dos crescimentos, das paradas, das retomadas. Nós temos uma relação mais suave com o dinheiro, sem subidas nem descidas tão brutais. Os objetos têm inércia; os signos são voláteis.

— *Porque existe uma inércia dos objetos.*

— O símbolo é volátil, os objetos têm peso... A discussão da Reforma sobre a eucaristia debatia o mesmo assunto: na eucaristia encontra-se o corpo real de Cristo ou apenas seu

---

* Referência ao 1º Fórum Social Mundial, sediado em Porto Alegre, em 2001. (N.E.)

símbolo? Assim, os homens de negócios das duas margens se entendem muito mal em razão dessas abordagens diferentes do real. E a ruptura é ainda maior porque data de cinco séculos e está sempre presente.

Não temos então a mesma relação com o dinheiro, com os objetos, tampouco com os homens. Quanto mais vivo no vale do Silício, maior acho a diferença de costumes entre os dois países.

— *O que o senhor está dizendo dos franceses é verdadeiro para os europeus em geral ou se atenua nos outros países europeus?*

— A diferença segue o antigo traço do Império Romano, o *limes* [fronteira]. A Reforma traça de novo essa fronteira e separa os católicos, que permanecem latinos, e os protestantes. Mas sendo também jurídica, ela separa os países de direito romano e os países de direito germânico. Exemplo: para construir a Europa, nós desejamos escrever uma Constituição a partir de princípios; assim, nos engajamos na aventura européia, quaisquer que sejam os projetos. Os ingleses só se engajam num projeto particular. Essas duas concepções do direito explicam mil incompreensões recíprocas.

— *Em* A ilha a hélice[53], *Júlio Verne descreve uma colônia de milionários anglo-saxões que tem direito a tudo, acesso a tudo, que tem todo o conforto e que acaba dilacerada. A fábula é simples, a política divide aqui, como dividiam outrora as crenças religiosas (hoje elas só dividem aparentemente, mascarando conflitos políticos e sociais)... Quaisquer que sejam os progressos técnicos e a satisfação de todas as suas necessidades, o homem se dilacera... Essa relação entre os progressos técnicos e a violência na qual a humanidade parece estar presa faz parte de suas preocupações de filósofo? Como o senhor a sente com relação aos Estados Unidos?*

— Utopias desse gênero se constroem hoje um pouco por todo lado nos Estados Unidos e ganham a Europa: condomínios cercados de muros altos, com um guarda, onde ninguém pode entrar, no interior dos quais pessoas ricas vivem na calma, na paz, na serenidade, contando com serviços comerciais e médicos, ali preservados das cidades e de seus múltiplos perigos. O puritanismo nutre a preocupação de que um dado espaço se livre de todo o mal. Ele odeia "germes" e tenta suprimi-los. Constrói então um espaço que a biologia denominaria "axênico", isto é, sem corpo estranho. Ora, a própria biologia mostra que os milhares de bactérias que cercam esse espaço se precipitam irresistivelmente nesse poço atraente... No lugar mais limpo, o risco de doenças aumenta ao máximo. Lave-se, lave-se muito bem, mas não se lave demais, você ficará doente... Tire as dificuldades, os obstáculos etc., todos eles reaparecerão. Por exemplo, em Chicago, quando a lei proibia bebidas alcoólicas e destiladas, as máfias mais violentas as vendiam clandestinamente e a preços altíssimos... Mesmas razões, mesma tendência hoje para as drogas.

— *Júlio Verne tenta um retrato dos costumes nos Estados Unidos em* O testamento de um excêntrico. *O senhor ainda encontra, nos Estados Unidos de hoje, os traços que ele pintou?*

— A América profunda é um país doce, pouco violento, onde as relações humanas, menos brutais que em Paris, respeitam afastamento e distância; são de um certo modo mais respeitosas. O modo de dirigir, por exemplo, nada tem a ver com os suicidas e homicidas que os franceses organizam em torno do automóvel. A cada vez que estou de volta, pergunto-me estupefato de onde pode vir essa loucura mortal entre nós.

Júlio Verne fala muito dos Estados Unidos e do povo americano. Assistimos, decerto, à americanização do mundo. Meus predecessores imediatos conheceram também a americanização da América. No fim da Segunda Guerra Mundial, os Estados Unidos não diferiam muito do que podia ser a região da Picardia nos anos 1950. Meio agrícola onde a dificuldade das comunicações refletia o tamanho do país. Eu passei nos Estados Unidos uns trinta anos durante os quais conheci uma América relativamente isolada dos costumes realmente singulares. O Sul, as Rochosas, Boston... diferiam, mas diferiam também de Seattle etc. É preciso agora percorrer a América profunda para encontrar essa outra América. De repente, a América se transformou pelas auto-estradas, companhias aéreas, generalização das vias de comunicação. Júlio Verne fala dos antigos Estados Unidos, não desse que conhecemos. O primeiro desapareceu, em parte, e o novo nasceu depois da Segunda Guerra. Nós assistimos, por outro lado, hoje, na costa leste e na Califórnia, a uma espécie de europeização dos Estados Unidos, fenômeno de que se fala pouco, mas que é real. Em trinta anos de estada lá, vi mudarem os costumes e usos nesse sentido. Pequenos exemplos de costumes: em Palo Alto, nos anos 1980, não havia ninguém nas ruas por volta das cinco e meia ou seis horas da tarde. Hoje, às 22 horas, encontram-se ainda passantes. Não se podia jantar num restaurante depois das sete e meia da noite. Agora, pode-se jantar até às 21 horas! Quantos estados sem vinho, onde os habitantes não conheciam nem a bebida nem a palavra? Em certos estados do Sul me disseram: "Nós também fazemos vinho como vocês, com bananas, maçãs e até salsaparrilha"... Hoje os Estados Unidos bebem vinho e comem até queijo! Contrariamente ao que se diz, a globalização mistura.

Mas ela não mistura dois traços fundamentais. Do mesmo modo como sua equipe dos jogos olímpicos, os Estados Unidos têm excelência nos cem ou quatrocentos metros, quero dizer em projetos breves, que exigem grandes recursos e rapidamente têm êxito. Eu sou propenso a confiar nos países de culturas mais antigas quando se trata de um empreendimento demorado, que demanda paciência, prudência, tempo: coisas que realizam mais e melhor do que a força e a luta.

— Júlio Verne não conhece nada da vivência americana; no entanto, ele percebe todas as linhas de força dessa sociedade: o que a distingue da que ele conhece então na França, seu motor, seu futuro. Ele não a conhece no lugar, como o senhor, ele não conhece nada do povo americano, somente suas aquisições simbólicas, históricas, mitológicas...

— Júlio Verne tem a cultura do século XIX. Ele conhece então a diferença entre a Europa do Norte e a do Sul, católicos e protestantes; decifra com facilidade as condutas não-latinas. Como essa cultura vai se apagando pouco a pouco; é preciso experiência para essa decifração. Tome-se o exemplo de *Da democracia na América*: fico confuso por Tocqueville, numa viagem tão curta, ter conseguido ver os costumes americanos com aquela precisão, melhor ainda, com antecipação. Tocqueville e Júlio Verne, romancista ou historiador, tinham uma cultura jurídica, política, religiosa que lhes permitia descobrir as diferenças na hora.

A casa do escritor

— Acabamos de visitar essa casa na qual Júlio Verne viveu dezoito anos. Vimos, como ele, da torre ou do escritório, o que via:

a estrada de ferro, o passeio público Albert I, tipicamente do século XIX, e, mais além, a catedral de Amiens... Júlio Verne escreveu nessa casa metade de sua obra, entre outros Mathias Sandorf, De cabeça para baixo, O castelo dos Cárpatos, Robur, o conquistador, Mestre Antifer, A ilha a hélice... *Foi entre 1882 e 1900. Quase nada sobra dele nessa casa, exceto algumas paredes, alguns objetos... Que lhe inspira essa visita?*

— Sinto-me um pouco em casa. Lendo um autor, escrevendo a seu respeito, eu me torno um pouco carne de sua carne. Tudo me parece estranho e ao mesmo tempo familiar. Dito isso, uma diferença separa esse lugar e as casas por onde, por exemplo, Rousseau e Proust passaram ou em que se instalaram. Por quê? Porque Proust habita sua intimidade, Rousseau depara com sua interioridade, enquanto o hábitat de Júlio Verne se estende para o exterior do mundo. Eu vejo como uma ligação inversa, interioridade/exterioridade, entre o lugar onde ele escreveu e o espaço largo pelo qual nos faz passar, o iglu de um esquimó, a oca de um índio da América, a tenda de um beduíno, a casa a vapor ou a ilha a hélice. Nômade, Júlio Verne ensina a viajar para que a humanidade construa a sua casa primordial e global: o planeta.

Hominescências emprega igualmente o termo "casa" para a planície e o céu, a montanha e o mar. Ao contrário, o filósofo maior do século XX cantou uma palhoça na Floresta Negra[54]. Decisão estranha já que, desde o fim do século XIX, o homem contemporâneo, ao menos ocidental, cidadão do mundo há muito tempo, vive cada vez mais no espaço inteiro dos continentes, do mar e do céu. *A lenda dos anjos* dá até o número da população que, permanentemente, habita acima de dez mil metros: são milhões. Esses deslocamentos não dizem respeito somente ao ocidental, pois uma intensa emigração mobiliza também os países emergentes. O hábitat que se reduzia outrora ao pedaço de terra, à minha fazenda, à de meus ancestrais, ou, segundo a fábula de La Fontaine, ao campo em que enterraram o pai lavrador, essa terra que seus filhos trabalharão e sob a qual repousarão seus ossos e sua carne como aquelas de seus pais, essa casa não existe mais. O lugar não tem mais lugar.

Pagus, medida de terra, deu as palavras "pagão" e "paisano"; eis o *locus*, o lugar da habitação, o lugar em que Simone Weil descrevia o enraizamento. Ele dataria somente das origens da agricultura? Ora, esse *locus* se desfaz pouco a pouco, desde a época de Júlio Verne — está se dissolvendo hoje. Como contemporâneos errantes, retomamos talvez as condutas de um *Sapiens viator* desde suas origens: saindo da África, ele se espalhou bem rápido por toda a Terra. O senhor se lembra do que dizíamos no ínicio, da antropologia fundamental desse errante, desse *Homo viator*, referindo-nos às *Viagens*? O senhor me convidou para vir a esta casa de Amiens, hoje; ontem eu estive em Lyon; depois de amanhã partirei para o Marrocos; darei aula em Houston, Texas, a partir de primeiro de abril; em Stanford a partir de 15 de abril, de onde voltarei pelo Peru... De onde é você, Michel Serres, camponês gascão e marinheiro em Garonne, na juventude, de onde você fala há três décadas? Resposta: de todo lugar! *Ser-no-mundo* e cidadão do mundo. Febril, no entanto, de suas raízes occitanas* esquecidas, perdidas, presentes.

— *Essa cidadania mundial não é uma boa razão para fazer casas como esta, marcadas pela presença fantasmática de um*

* Relativo à região da Occitânia, situada no sul da França. (N.E.)

homem e a presença forte de uma obra, dos lugares de referência e dos refúgios literários? Além disso, sentados nesta casa, que estamos fazendo?

— (Risos.) Eu vou lhe dizer: o senhor e eu estamos fazendo agora gestos muito cômicos. Bruxos, africanos ou siberianos, estamos batendo em tambores de peles esticadas para tentar fazer voltar a sombra de um morto. Tum-tum-tum... É isso que estamos cantando com a boca e batucando com as mãos. Estamos nos entregando a um rito de magia. Não zombemos mais dos encantadores, o que faziam, pois, outrora? Como nós: tum-tum-tum em tambores! Que a mesa gire, que volte o espectro de Júlio Verne. Aí está: escute, vou lhe contar um segredo... chamar fantasmas não dá certo.

— *Vai dar sim, pois o senhor está aí...*

— O senhor me pergunta sobre um texto escrito em 1974, o que restabelece, hoje, no máximo, uma pré-história vaga, mas também porque parece, agora, um livro que mantém relações mais ou menos longínquas com Júlio Verne, mas que fala essencialmente do mundo atual. O senhor vê: só a criação viva, a de hoje, faz reler e reviver as obras antigas. A magia fracassa, só dá certo a vida de hoje.

— *Eu tinha o projeto de perguntar-lhe sobre* Jouvences *muito antes que* Hominescências *fosse publicado. Mas isso nada muda.* Hominescências *acrescenta ao primeiro tempo Júlio Verne/Michel Serres um segundo tempo Michel Serres/Michel Serres com trinta anos de intervalo... É uma felicidade, não um motivo.*

— Outra felicidade: acontece, em Paris ou noutros lugares, que grupos de estudantes de história antiga ou de grego montem a tragédia de Ésquilo *Os persas*. Ela mostrava ao povo ateniense seus ancestrais repelindo a invasão persa, heroicamente. Aí, a tragédia escreve a história. Bem no meio da peça, numa cena extraordinária, o autor descobre de repente a própria verdade de seu gesto e de sua obra, exatamente como nós, hoje: atores e coristas se aproximam da tumba de Dario e fazem cantilenas, mímicas e ritos mágicos, esperando que o rei persa saia de seu mausoléu, chamando seu fantasma para que ele, o inimigo, certifique da veracidade da história contada. Espantoso! Contrariamente a nossas tentativas, dá certo! A sombra de Dario surge trágica do túmulo e se lamenta: "Ésquilo tem razão. Isso aconteceu assim." O rei dos reis, vencido, conta sua própria derrota. Enfim, um bom historiador: ao menos ele sabe o que faz; res-suscita o passado. O que se chama hoje "evocação de um acontecimento", o que é senão essas mímicas, essas músicas, o tum-tum dessas castanholas para tentar fazer ressurgir a sombra daquele de quem falamos? Como coristas e atores diante do túmulo de Dario, nós estamos bancando os bruxos. A sombra do rei se apresenta, diabos! Mas penso de repente no *Testamento de um excêntrico*, o milionário faz melhor ainda: ele ressuscita de verdade.

O que o senhor está dizendo a meu respeito conta pouco. Mas conta realmente o paralelo do mundo tal como foi encenado, interpretado, visto, considerado, compreendido por Júlio Verne, como ele o mostrou a seus contemporâneos, com o mundo de hoje que nosso trabalho e meus dois últimos livros tentam vivamente esclarecer, em sua autêntica novidade, e fazer ver a nossos contemporâneos. O presente *suscita* o passado. Mas o presente, o novo, o contemporâneo jazem raramente nessas atualidades ou no que se chama de "notícias".

— *Se pedíssemos aos objetos de sua casa que falassem do senhor, do homem, do escritor, o senhor conseguiria imaginá-lo ou acharia isso absolutamente idiota, absurdo?*

— Eu não posso imaginá-lo, de fato. Tenho uma cabeça histórica? Quando me dizem: Júlio Verne, nascido em tal lugar, teve relação com tal e tal, nessa época reinava Napoleão III, nessa época estourou a guerra de 1870, e depois se seguiu a República... Isso para mim faz um pouco o mesmo efeito que dizer: Michel Serres escreveu em 2002, durante uma campanha eleitoral opondo fulano à esquerda e beltrano à direita e vários outros no centro, o CAC 40 subindo ou baixando... Meu Deus, qual a relação? Devo confessar não ter uma cabeça histórica nem política? Ou então: essas condições, da Bolsa ou do Parlamento, só têm realmente uma relação muito longínqua com as obras tais e tais, singulares? Melhor ainda: elas se reduzem às condições necessárias de que falávamos agora há pouco.

— *O senhor desenvolve esse assunto em* Hominescências. *Quando fala dos objetos que fazem nossa casa, diz: "Antes que os desclassifiquemos, são esses objetos que sustentam nossa existência, nos transportam, cuidam de nós, melhoram nosso conforto, acalmam a dor, calculam por nós, lembram-se das coisas em nosso lugar, comunicam-se sem nós, ocupam e constroem nossas casas."* (Hominescências, *edição brasileira, p. 272) O que é, de fato, uma casa sem decoração?*

— Os objetos dessa casa diferem dos objetos de que estou falando, o senhor pensou bem. Os livros de Júlio Verne, sua poltrona, sua mesa de trabalho etc. não são objetos, caro amigo, mas fetiches. Nós entramos numa quase-igreja que conserva as relíquias de seu santo. Na Federação Francesa de Futebol, encontraríamos, do mesmo modo, as camisas de Platini e Zidane, com o número 10 impresso nas costas. Cada instituição conserva, num relicário, seus próprios fetiches.

Os objetos de que falo em meu livro não se reduzem nem a relíquias nem a fetiches, mas... Tomo aspirina, uso um par de óculos; a aspirina alivia a dor de cabeça e espero que você me acompanhe até a estação de carro. Eu vou parar no caminho para andar pela planície do Norte, através dos trilhos, sendas e bosques. Eis os objetos...

— *O senhor volta aos objetos quando fala de imaterialidade da internet: "Um monólito de pedra, um rolo de papiro, uma folha de papel, memórias materiais próprias para aliviar nossa memória corporal. Se isso já é verdadeiro para as bibliotecas, tornou-se muito mais verdadeiro ainda para a internet, memória global e enciclopédia coletiva da humanidade." (*Hominescências, *edição brasileira, p. 200). O que pode transmitir, para o senhor, um lugar literário como este, as pessoas que aqui trabalham, seu anexo, um antigo cinema consagrado hoje às exposições sobre* As viagens extraordinárias? *Não temos necessidade de lugares que ajudem uma população muito diversificada a encontrar o contato com a criação literária?*

— Aqui, os objetos comuns se transformam em relíquias, no sentido religioso do termo. O senhor não comerá no prato que põe na biblioteca. O senhor não convidará o prefeito de Amiens para vir jantar nos pratos de Júlio Verne. Isso nem lhe passaria pela cabeça. Eles não têm nem esse papel nem essa função. Do mesmo modo, os livros que você expõe, pouca gente os lerá. Estão aí transformados em relíquias. A casa de um escritor não tem função de moradia, mas um valor mítico, histórico, cultural, religioso. Os visitantes vêm aqui por veneração pelo homem que faz, em Amiens, um pouco do papel que Atena fazia outrora para Atenas. Dizia-se à época: deusa ou deus "epônimo". Eis um dos deuses epônimos de Amiens. "Casa" aqui não equivale a residência, mas a templo pagão, igreja laica e mágica.

— *Bom, não se pode escapar desse lado de relíquia, o público vem para esse viés fervoroso e devemos respeitá-lo. Mas se lhe pergunto sobre os objetos, é para ter sua opinião sobre o que eles podem restituir realmente. Como imagina que essa magia possa, de algum modo, nos restituir a literatura ou tomar lugar no mundo literário de hoje? Fazer o papel de* Os persas *para Atenas, por exemplo!*

— Não sei realmente responder à sua pergunta. Eu acho que as coisas só vivem pelo vivo. Nos Infernos as sombras pálidas dos mortos buscam beber o sangue dos vivos. Parecem querer nutrir-se dele. A literatura vive pela criação literária de hoje. Nós lemos Balzac, Proust ou Zola porque hoje os escritores publicam. Suponha que não haja mais escritores, não leríamos os de antigamente. Se há história da matemática, é porque há matemática viva hoje. A vida presente faz viver a de ontem, não o contrário.

— *Como poderíamos transmitir, a partir da realidade espacial — a casa — os fatos históricos — a enciclopédia — e o que o senhor chama de magia — os mitos —, esses elementos que fazem para o senhor o encantamento? Eu queria enfatizar que sua resposta me interessa porque vem do interior, vem de um escritor que escreveu uns quarenta livros, e cujo olhar sobre o mundo se beneficia de uma verdadeira vida de escritor para a qual é possível voltar-se... Já que falamos de magia, o senhor pode ser um instante o mago de si mesmo? Nós brincamos com essa outra magia, a da escrita...*

— Isso depende do escritor: objetos, por exemplo, podem evocar Balzac. Por quê? Porque ele escreveu muitas vezes à maneira de um antiquário. Ele descreveu tapetes, quadros e tabaqueiras com a gula de um colecionador. Peça a um antiquário que organize uma exposição sobre Balzac ou Pérec: nos dois casos, a evocação será bem-sucedida. Outros escritores põem menos objetos em seu espaço e diante do horizonte. No que concerne a Júlio Verne, seu verdadeiro horizonte toca as paisagens do mundo e seus objetos favoritos continuam sendo os meios de transporte: uma escuna, as velas infladas pelo vento, um carro puxado por bois no deserto do Calaári, um grupo de índios a cavalo na pradaria do Meio-Oeste, uma bandeira tirada de um submarino e fincada no cume do Pólo Norte. Em Júlio Verne, não há objetos à maneira de Balzac. Ele não tem prazer num antiquário! Os peixes dominam mais do que mesas no escritório de Nemo; e essa sala, móvel, flutua e mergulha no móvel. As paisagens amplas sob o céu e no vento fazem a massa objetiva da narrativa.

— *Então, é bom que lhe dediquem um espaço condizente... E a sua casa, como é?*

— Meu computador, casa na qual moro, objeto favorito, quase-objeto, não fetiche, mas janela aberta, concentrado com minhas relações e minhas funções, memória, imaginação, operações racionais... enfim, minha cabeça e meu mundo. Diante dele, nós só mantemos a invenção: o essencial, claro. Eu não ligo para o resto. Não sou apegado aos objetos: nem antiquário nem colecionador.

— *Como o senhor poderia ser evocado em cem anos? Um computador num grande cubo de vidro na região de Garonne?*

E fazendo a pergunta: Quem eu?", o senhor diz: "Não sou mais o lugar onde estou, o lugar de onde venho, nem aquele para onde vou, eu desconheço esse lugar, de outra forma eu seria não importa quem. Eu mesmo me liberto desse laço, dessa ligadura, dessa corrente." (Hominescências, *edição brasileira, p. 172). O senhor não tem saudade de nada, vai com o tempo, até antes dele, mas tem alguns lugares familiares para se reconstituir?*

— Ah, sim, eu me encanto com as paisagens do mundo. Tirei de Júlio Verne, mas viajei sempre com paixão. Quis passar em todo lugar, tanto pelos campos de gelo do Norte quanto pelo hemisfério Sul... Sim, naveguei por quase todos os mares do mundo, me enfiei em cem portos, caminhei nos desertos, fiz cem trilhas nas montanhas. Em *Notícias do mundo**, o único livro de moral que soube escrever, não há nenhuma narrativa sem uma paisagem, nenhuma latitude omitida. Claro! Eu tenho isso em comum com Júlio Verne. Nada de objetos. Qual é o objeto eleito de Júlio Verne? A casa a vapor, o *Nautilus*, a *ilha a hélice*, o *Chancellor*... Barcos, trens, jangadas, trenós... todos meios de locomoção. Velhas figuras materiais do computador... Acabamos de inventar a versão virtual, nós navegamos na internet como ele nos trenós e barcos de papel.

Numa conversa anterior, nós falávamos do errante e do caseiro: o camponês da Picardia mora em sua casa, fixado nas suas terras; o marinheiro também pendura sua rede entre as duas divisórias, sempre fixas; só que essa casa se desloca. O hábitat se mexe, a casa se move. *Mobilis in mobile*... A humanidade, antes camponesa, se tornou recentemente mais marinheira, adotando a divisa do tripulante do submarino. Ela se move num mundo móvel.

* Trad. Elena Gaidano, Ed. Bertrand Brasil, 2.ª ed., 2001. (N.E.)

Clico então na imagem virtual: pela escadinha desçamos, convidados, até o *Nautilus*. Nada mais confortável que o escritório de Nemo, sente-se que, como visitantes, encontraríamos ali sofás, poltronas, mesas e piano — ah! lembro-me até de um orgão; o mobiliário rico inclui com certeza uma coleção de quadros e bibelôs preciosos... Mas, de repente, esses objetos se apagam e corremos para o essencial, rápido, na escotilha. Então, o mundo inteiro passa por trás das portinholas, enquanto o submarino desliza entre a frota britânica, a classificação dos peixes, das conchas que forram os fundos oceânicos tropicais, as ostras de pérolas gigantes, tesouros submersos, gelo da costa e a diferença dos mares.

A tela de meu computador, eis a escotilha de Nemo, a portinhola do obus *Columbiad*, a janela do vagão correndo o Oeste americano... Eles percorrem todos os saberes e o mundo.

Um triplo encantamento

— *Como o senhor vê o encantamento de Júlio Verne? O que é encantamento para o senhor?*

— A visão em três níveis de que falamos sempre. Júlio Verne exprime triplamente o encantamento do mundo. Como os meus, seus olhos e seu corpo se encantam primeiro com a beleza do mundo: Andes e Himalaia, Calaári e Saara, Pacífico e Mediterrâneo, Amazonas, Danúbio, Angara em chamas, dez vulcões, um tanto de lagos... O saber o torna mais belo ainda: as coisas encontradas reluzem mil brilhos suplementares quando mergulham no conhecimento; a geologia encanta essa rocha; a história natural encanta esses peixes; a formação milenar do deserto que atravesso o transcende... Ignorar isso é não diferenciar das pedras nem dos mortos.

A ciência encanta os detalhes e o conjunto. Como todo mundo, vivi muitas vezes a experiência de ver os animais e as flores, paisagens ou céus sem nada saber, e de revê-los depois de ter aprendido. Então os mesmos seres vivos se metamorfoseiam, e eis um jardim diferente, um mar diferente novamente encantados. Ora, essa duplicação do encantamento produzida pelo encontro entre o conhecimento e a vista ou a visita se exprime, na obra dele, numa terceira elevação, por uma referência mitológica ou religiosa. O mundo revela tantos milagres vistos, depois sabidos, que somente uma narrativa fabulosa pode relatá-los, melhor, cantá-los. Navegue pelo mar calmo ou tempestuoso, atravesse a pé o Saara, deixe-se surpreender pela aurora no meio de uma parede dos Alpes ou de um corredor de gelo. Você logo entoará esse salmo. Assim que se põem em contato o saber sobre as coisas e as próprias coisas, visitadas, mas entendidas, o encantamento cresce tanto que faria Einstein, tornado, de repente, panteísta, dizer: "O incompreensível é que o mundo seja compreensível." Os mitos, as religiões exprimem maravilhosamente esse encantamento.

— *E as ficções tais como as constrói Júlio Verne...*

— Religiosa, mitológica, literária, poética, estética etc., o terceiro estrato vem desse encantamento singular, produzido pelo curto-circuito entre o mundo que vejo e o pensamento que me permite compreendê-lo. Ele exprime mais ou menos esse novo encantamento dado pela luz inesperada da compreensão. Eu me lembro de ter escalado dez vulcões na Islândia, no Equador e no Peru, na Califórnia, no Japão, na Indonésia e ter voltado para a Auvergne; apesar de eu ter vivido ali dez anos, nunca tinha notado a especificidade de seu relevo. Eu tinha assimilado, aliás, durante aqueles anos, um saber geofísico: a teoria das placas, etc. Na volta à Auvergne, percebi que nunca a tinha visto, mesmo a tendo percorrido e visitado durante onze longos anos. De repente, ela transcendia aquela que eu conhecera. Então dei uma volta no lago Pavin, precedido por Beatriz. A ciência encanta o mundo, mas só se pode exprimir esse encanto por uma terceira narrativa.

O verdadeiro viajante, esse terceiro homem, sim, esse *Tiers-Instruit* tem três cabeças e três corações. Ele olha com os olhos, compreende com o cérebro e o corpo, por fim, canta esse encantamento. Compreender aumenta a beleza visitada que, então, é cantada. Se você nada aprender, você toma chuva como as pedras e os mortos. Não chove mais na minha cabeça careca da mesma maneira, desde que vi, aprendi, compreendi, graças a Gilles de Gennes, essa imagem extraordinária de uma gota de água em forma de sistema vibrante, que já não se parece em nada com a esfera perfeita de que falava Leibniz, mas se dispõe ora em anel, ora em bolha manchada ... Chove encantamento... *Rorate cœli desuper...* Céus, espalhem seu orvalho.

Júlio Verne, Tiers-Instruit

— *Já quase na conclusão de* Hominescências, *o senhor faz a pergunta: "Esses contemporâneos que não lêem nem escrevem, mergulhados no ruído da nova civilização oral, será que eles exis-*

tem, que vivem, que pensam melhor ou pior do que eu? Quem pode saber?" (Hominescências, *edição brasileira, p. 290), e o senhor acrescenta que se recusa à memória pegajosa da aranha de Andrômaca. Isso quer dizer, como Júlio Verne, um olhar sem nostalgia, se possível lúcido, sobre o vivo? Que papel têm os textos antigos, sua leitura pública, sua evocação e montagem?*

— Como o senhor está surpreso com esta citação, falemos de Andrômaca para começar. Nunca se interpreta assim a tragédia de Racine, mas pronunciando o elogio à mãe fiel, à amante heróica apegada à memória de Heitor, o marido morto. Ao contrário, eu desconfio dessa rainha-mãe, fixada para sempre na memória: "Pensa, Cefísio", confidencia Andrômaca, "pensa nessa noite cruel..." Esse passado violento e sombrio se fixa, para ela, numa noite eterna. Como o tempo não deve se mexer, Andrômaca difunde em torno de si essa violência, infortúnio, loucura e morte. Ao beijar o filho Astíanax, ela lhe diz, todas as manhãs, que, fazendo assim, é como se cobrisse de beijos seu pai, morto: pode-se dar a uma criança um presente mais encorajador do que esse na vida? Viúva-negra, aranha acuada no centro da teia, pegajosa de tempo morto, ela leva à morte seus próximos e se apodera, no final da peça, do poder real, no meio dos cadáveres. Assim o passado mata as gerações futuras. Mnemósine, a Memória, gera a tragédia e as oito outras musas. Como todas as obras-primas, a tragédia de Racine vai até as próprias origens do trágico mortal: a mãe Memória, genitora abusiva. Como é exclusiva, mata.

O esquecimento permite, muitas vezes, sobreviver. Se nós lembrássemos tudo, não conseguiríamos viver. Como professor, ligado às gerações emergentes, detesto esses velhos que se comprazem deliciosamente matando os jovens. Andrômaca: eis a imagem trágica da matança de jovens gerações pelas precedentes, pelos velhos que adoram a memória e fazem dela, além de tudo, paraíso e dever. Detesto esse ponto de vista quando se torna exclusivo. Não tenho nenhum respeito por Andrômaca, essa viúva-negra. Que se casasse de novo, que reconstruísse sua vida em companhia de Pirro, homem corajoso, em suma, que consente, por sua vez, em esquecer os horrores do passado. Se quiser que as gerações futuras vivam, viva então, não se contente com os mausoléus, museus, marcos e comemorações. Não se apegue a esse passado maravilhoso no qual se diz que se vivia tão bem, e que na verdade era tão cruel, não é, Cefísio? Andrômaca guarda como um tesouro as atrocidades da guerra de Tróia; eu não tenho nenhuma vontade de conservar, como um veneno reativo, a mínima memória dos horrores que conheci durante as guerras de minha juventude. Em *Hominescências,* dou a *verdadeira* definição da guerra: a matança dos filhos pelos pais; os antigos declaram guerra e os jovens a fazem. Quando a decidem, cada governante propõe ao inimigo: mate então meus filhos, meus filhos se encarregarão dos seus.

Celebremos então o passado, quer? Considere, por exemplo, o que se diz em todo lado sobre a violência e sua difusão atual; todo mundo parece crer que ela cresce. A geração que me precedeu fez, que eu saiba, muito melhor. Várias dezenas de milhões de vítimas, entre 1936, guerra civil espanhola, e os anos 1950, fim das guerras coloniais. Os velhos, contemporâneos desses crimes, podem criticar as pequenas violências dos jovens nos cruzamentos? Sete homicídios para cem mil habitantes, pode-se esperar muito menos?

Feitas estas contas, resta dizer o complementar. Sim, toda criação autêntica supõe uma releitura do passado. Quantos, que a ela se dedicam, pensam que descobriram a América? É preciso transmitir... Andrômaca *só* queria transmitir; a geração que me segue transmitiu *pouco.*

— *O senhor diz isso sobre sua geração?*

— Sobre a geração posterior à minha. Os que estão no poder hoje, há cinqüenta anos, recusaram transmitir à geração seguinte. Aqui estou comprimido entre a geração da lembrança — letal — e a da tábua rasa. Difícil de fazer a ponte.

A cultura recebida ficou muitas vezes sem transmissão porque alguns a julgavam sem sentido. Como se só fosse preciso ensinar o que se compreendia. Compreendemos realmente os números inteiros, ou mesmo os primos? Se eu só tivesse aprendido o que compreendia, não saberia realmente muita coisa. Cuidado! Queira equilibrar o que estou dizendo: a transmissão *sozinha* é mortal; no entanto, *é preciso* transmitir, mesmo, às vezes, o que achamos obscuro e confuso, o que o corpo ou a carne podem tornar claro muitos anos depois. Mas *não basta* transmitir.

Que essa casa tenha, aqui, uma função de transmissão e também de revivescência da criação literária é o que desejo. Em todas as cidades pelas quais passo só há cultura viva devido a um centro semelhante a este aqui e a um animador que se parece com o senhor.

— *É delicado porque é preciso realmente fugir de toda visão burocrática da vida, na qual a poesia é simplesmente uma inimiga, fugir da instrumentalização... E para dar vida a esses lugares, para os pôr em movimento, seria desejável que fossem dirigidos por equipes em que figurassem autores e artistas. Porque não é um administrador que poderá pôr isso em prática, quaisquer que sejam suas idéias sobre os centros de estudo americanos ou canadenses...*

— Mesmo sendo às vezes útil, a administração estrangula, sufoca, atrasa, imbeciliza. *Formatar* homens e coisas por meio de palavras ou de números, medidas ou equações, poemas ou canções, ótimo! Mas com formulários, que horror!

— *É difícil para um escritor ser confrontado com isso. Na prática, me parece que instrumentalização, reificação e culto do passado têm efeitos na criação e pontos de vista sobre a cultura com conseqüências idênticas. Um diretor cultural que escolhe não correr o risco porque assim é mais fácil para ele; um político que confia uma realização àquele que gere mais do que àquele que vai criar; um conservador que põe o passado em vitrines sem se perguntar como atrair e interessar um público que não freqüenta museus... todos produzem um efeito mortal na relação da cultura com a vida. Estamos sempre copiando, por uma razão ou outra, e não inventando. Parece-me que a cultura aqui é um jogo. A esse respeito, no final de* Hominescências, *o senhor é particularmente violento sobre o tema do mundo ao largo do qual passa a civilização com relação a todas as possibilidades, à paz, toda a técnica, toda a ciência que possuímos e o que ocorre na realidade. O senhor dizia outro dia: é uma questão de cultura. Podemos nos deter justamente no que representa a cultura para o senhor?*

— Com muito talento, Júlio Verne tentou um golpe admirável, uma viagem extraordinária: tornar a ciência cultural. Ele conta que as ciências fazem parte da formação cultural como as rochas colaboram, em parte, para a formação da crosta terrestre. A escotilha de Nemo mostra, como uma tela, que a oceanografia permite ver melhor a beleza do mar. Quanto a nós, filósofos, políticos, administradores etc., não conseguimos tornar cultural a ciência contemporânea. Daí um afastamento, uma dilaceração dramática. Um rumor social crescente a recusa. Entre nossos saberes, nossos meios e a cultura, a tensão aumenta. A cultura se afasta da pesquisa. Isso é preocupante. Perdemos uma via na qual Júlio Verne mostrou que poderíamos ter nos embrenhado? Nós não a seguimos e a universidade formou, como eu disse, de um lado, literatos cultos mas ignorantes, e de outro, cientistas sem cultura, as duas populações divergindo cada vez mais. Meça essa distância apreciando, por exemplo, a visão de mundo de um bioquímico e a de um militante da ecologia. Os dois futuros que os esperam dão as costas um ao outro. A empreitada de Júlio Verne com a ciência e a cultura de seu tempo, guardadas as devidas proporções, foi como a tentativa de Platão no momento em que nasceu a geometria: sua filosofia tenta conciliar os problemas sobre política ou moral com a nova maneira de pensar que a geometria induz. Essa conciliação, esse encaixe, essa unidade vivificam a cultura.

Eis uma das crises do mundo contemporâneo, com enormes conseqüências. Ela parte, eu acho, desse divórcio cujas causas são múltiplas. Tentei analisá-las no meu livro *Le Tiers-Instruit*, aconselhando a manter o meio termo, criando um terceiro homem, formando homens e mulheres especializados e cultos; a ausência desses terceiros pode se tornar dramática. Eles se chamavam antigamente Rabelais, Descartes, Leibniz, Diderot, Voltaire, Comte, Bergson, Valéry... e uma multidão de outros. Hetzel e Júlio Verne, ambos *Tiers-Instruits*.

— *Isso quer dizer que a filosofia contemporânea teria abandonado a forma lógica para só ficar com a forma moral?*

— Ela abandona o saber exato do mundo, e o mundo, por conseguinte. O saber não é somente lógico, mas também experimental. Qualquer que seja ele, pouco importa, mas a filosofia se desvia do conhecimento do mundo. Nos livros de ciências humanas, tão importantes em vários sentidos, eu me surpreendo, enfatizo de novo, com a ausência do mundo, como se vivêssemos só entre nós, nas cidades, sem corpos nem ambiente. Nada de biologia, nem de genética etc. Quando entramos num conhecimento ultrafino do mundo, vivemos numa espécie de *acosmismo.* Prova disso: faça calor ou neve muito, ou vente com violência, o escândalo estoura: mas o que vai fazer então o presidente? O senhor acha que estamos de volta aos tempos em que Júpiter, deus do raio e das tempestades, governava? (Risos.)

Enfim, Júlio Verne inventou uma verdadeira via. Repito, ele tornou cultural o saber de seu tempo. Hoje, pouquíssimos tomam essa via. Eu tentei escrever livros para segui-la: *Le Tiers-Instruit* para a pedagogia, *Jouvences, Sur Jules Verne* ou *Feux et signaux de brume, Zola* para a crítica literária etc. Tentei toda a minha vida fazer do saber uma cultura. *Hominescências* e *O incandescente* cantam também esse Renascimento.

— A literatura viva — a da transmissão passada, presente, futura — tem lugares onde florescer, como eram antes os salões, depois as editoras e às vezes as livrarias? Parece-me que as casas de escritor, que representam já uma ancoragem no passado literário e agem no presente, podem ter um papel inédito na socialização do saber. Esses lugares estão aptos a se tornarem lugares de encontro, de criação, alguns até já o são. A Maison Jules Verne, em Amiens, é já um lugar de transmissão literária entre diferentes

instituições e diferentes atores locais ou longínquos. Há aí a possibilidade de receber gente no nível do espetáculo e das relíquias dizendo que o saber literário pode ser útil para sua identidade. Estou bastante tentado a falar a esse respeito de um paradigma literário novo. Seria feito do encontro, num lugar habitado pelo fantasma do escritor consagrado, com os escritores contemporâneos, com a cenografia de uma obra, o turismo literário... Imagina-se então que as casas de escritores poderiam gerar, em torno de um escritor do passado, um imaginário literário criativo no presente, criar uma atmosfera literária onde o visitante se tornasse leitor e onde a pedagogia se tornasse criação. Não é incitação a uma atitude criadora, de invenção, como dizia o senhor, que tanto nos falta em ciência quanto em literatura?

— Será que esse gênero de lugares como os salões no século XVIII estão mesmo em falta? Eu noto hoje, em Brest, no Havre, em Bordeaux, Grenoble, Montpellier, Toulouse, que me perdoem se estou esquecendo outros, livrarias geniais de que gosto e que admiro, que criam com todas as peças, em seu próprio espaço, esses lugares de que estamos falando, promissores e fecundos, e organizam encontros criativos, onde acontece a verdadeira transmissão cultural. Eis as empreitadas singularmente vivas que deveríamos todos ajudar, encorajar, e a que deveríamos dar continuidade.

Mas supondo-se que esses lugares concretos de que você fala se apaguem às vezes no espaço, *lugares virtuais* tendem a substituí-los. Eis por que me interesso tanto pelas novas tecnologias, pela internet e pelo ensino a distância. Para a maioria dos jovens, esses lugares virtuais já existem, funcionam e entram em sua cultura.

— *As novas técnicas e a velocidade que elas permitem mudar nossa maneira de pensar? Não se perde em durabilidade o que se ganha em rapidez?*

— Desenvolvi esse outro capítulo em *Hominescências*. Sim, as novas tecnologias mudam tudo, tanto os corpos quanto a paisagem cognitiva. A ciência contemporânea não teria emergido sem elas. Uma autêntica ruptura separa o homem de ontem à noite e este que os lugares, as relações e as realidades virtuais modelam hoje de manhã. *Hominescências* dá a esse recém-chegado o nome de "homem sem faculdades". Nós vivemos um momento renascente, munidos de outros suportes; eu ia dizer de outros órgãos. A distância entre gerações me parece hoje maior do que a que pôde separar os professores da Sorbonne, no finalzinho da Idade Média latinista, de renascentistas como Erasmo, Montaigne ou Rabelais. Eu escolhi viver e pensar sobre outro lado da fenda.

— *O senhor sente-se esgotado depois de uma sessão de trabalho intelectual?*

— De fato, nada é mais cansativo.

— *Isso quase não é levado em conta, eu acho!*

— Provavelmente pouca gente sabe. O trabalho intelectual solicita o corpo inteiro. Não somente os músculos, o sangue, o sexo, o sistema nervoso, mas a totalidade do organismo. A palavra "intelectual" soa falsa quando só se refere aos neurônios. A invenção da obra mobiliza a carne toda. Ela leva então ao esgotamento total. A obra: 0% intelectual, 100% corporal.

O intelectual simula e recopia, o corpo inventa. Esgotado, ele desperta, na manhã seguinte, ressuscitado pela novidade.

Hominescências

— *O que quer dizer "hominescências", título de sua obra publicada no final de 2001*? O humano se reduz ao mosaico e à internet?*

— Claro que não. Eu inventara essa palavra para caracterizar a ruptura que intervém nos países ocidentais por volta dos anos 1970. Nós já a evocamos. Tão importante é que atinge quase mais a evolução do que a história. Ela diz respeito ao corpo: saúde, dor, aparência, nascimento, expectativa de vida; a morte, principalmente, cuja tragicidade encaramos sob duas formas, individual e cultural, e que, de repente, ameaça sob sua forma genérica a possível erradicação da espécie; a mesma ruptura transforma e minimiza a agricultura, portanto nossa relação com o mundo; e atinge, enfim, a unidade social, a nossa relação com os outros, pelos novos canais de comunicação. Eu não quis utilizar a palavra "hominização", pesada demais, forjei esse vocábulo, mais leve, escolhendo entre as palavras que os gramáticos chamam de incoativas e que significam o começo de uma transformação (como luminescência, adolescência, arborescência etc.). "Hominescência" significa então o começo de uma metamorfose humana.

— *Sobre o lugar do indivíduo na máquina social, o senhor diz em* Hominescências*: "Leiam os romances de aventuras de seus avós, nos quais uma dezena de marinheiros morrem em virtude de um deslocamento de cabrestante; o navio e o texto continuam a viagem, substituindo-os por outra dezena de marinheiros, sem uma palavra de tristeza nem piedade."* (Hominescências, *edição*

* Lançada no Brasil em 2003. (N.E.)

brasileira, pp. 262-263) É uma referência implícita, mas clara, ao primeiro capítulo do romance de Júlio Verne A aldeia aérea[55], *que evoca o lançamento do maior transatlântico da época. Júlio Verne se mostra nesse romance mais do que cético sobre as produções do gigantismo industrial...*

— Quando falo desse episódio, faço alusão às nossas sociedades, tão sensíveis ao perigo que sonham, absurdamente, com o risco zero. Desde a invenção da lei dos grandes números, no século XVII, sabe-se que o defeito zero não existe. Uma parte maldita, sempre presente, é constante. Senão, as companhias de seguro, cujos lucros se deduzem dessa lei, teriam falido há várias décadas.

Ao contrário dessa sensibilidade contemporânea, os animais cruéis que dominavam a sociedade do século XIX não manifestavam nenhum estado de alma diante dos acidentes mortais no mar, nas minas ou trabalhos públicos, nos ofícios ou no trabalho em geral: que morressem soldados e operários, nem generais nem chefes de empresas viam nisso algum mal. Os doidos dominantes se preocupam com os dominados?

— *Um não-valor da vida humana?*

— Sim e não. Entre a época de Júlio Verne e a nossa, muda o valor atribuído não à vida humana, mas à de um ocidental. Nós consideramos a vida das pessoas do terceiro e do quarto mundos com a mesma ausência de piedade que a indiferença glacial do século XIX com relação aos não-graduados e aos marinheiros. O mundo rico exporta guerras, violências, fome e armas em superabundância, e tira deles espetáculos apreciáveis, mas assim que uma epidemia benigna o atinge — mesmo sem a mínima morte —, ouça o alarme que acentua a tragédia...

Sim, com relação ao século de Verne, temos a mais o racismo. As sociedades que chamamos hoje de democráticas contam entre as aristocracias mais ferozes que conheceu a humanidade. Nós levamos à morte tranqüilamente a quase totalidade dos homens.

Voltemos ao mar: o senhor quer medir a diferença entre Júlio Verne e nós? Não imaginaríamos mais que, depois do naufrágio de seu barco, um capitão se suicidasse. Ao contrário, os acidentes de avião nos levam a consultar a caixa-preta. Ao contrário do que acabo de dizer sobre nossa crueldade, admiro sem equívoco essa transição, que examina um *objeto* antes de acusar um *sujeito*. A propósito disso, *Hominescências* fala até de abolição da pena de morte em todos os níveis de nossa sociedade ocidental.

— *Quando o senhor fala do homem contemporâneo nesse livro, o senhor o situa muitas vezes com relação à contingência. Qual é o sentido de "contingência"?*

— Ah! Muito simples!

O possível pode ser.

O impossível não pode ser.

O necessário não pode não ser.

E o contingente pode não ser.

Se eu largar essa pedrinha, ela não pode não cair. A lei da gravidade faz parte da necessidade. Mas se meu pai e minha mãe não tivessem se conhecido, se meu pai tivesse morrido na guerra de 1914, eu não teria nascido. Então eu teria podido não ser. Eis, definida de modo simples, a contingência de minha existência e da sua também. Mais especificamente: o encontro de nossos genitores, possível antes do acontecimento em si, se torna necessário depois. Nós não podemos mais nada com relação ao passado. Nossa partida logo mais para Amiens é somente possível. Mas o fato de o senhor me perguntar sobre isso ou aquilo e de eu responder assim ou assado entra na pura contingência: nós poderíamos não fazê-lo ou fazê-lo de outra maneira.

— *E o fato de pegar a estrada para ir a Amiens, a direção está fixada, mas nós estamos na contingência, pois não temos certeza de...*

— Além do mais, um acidente é possível. É possível que cheguemos ao nosso destino, Amiens, mas contingente que nós cheguemos: porque não teremos acidente, porque Archibald terá enchido o tanque, porque eu não terei tido um ataque do coração que nos obrigasse a parar no hospital de Crèvecoeur-le-Grand... Uma vez tendo chegado, isso se tornará necessário, porque é passado; e se tornará impossível ter ficado ao mesmo tempo em Paris.

— *Não existe um sentido de "contingente" que quisesse dizer que estamos cercados de acasos?*

— Quando o senhor fala de contingência, usa a língua lógica; diga "fatalidade", e o senhor falará então de metafísica ou de religião; use funções ou variáveis aleatórias, o senhor se situará no interior do cálculo das probabilidades. A linguagem e as palavras comuns definem claramente campos: lingüístico, lógico, filosófico, científico. Exemplo: o senhor joga ao acaso, cara ou coroa, em dez mil tentativas, calculará a probabilidade para que etc. O fenômeno aleatório é definido no cálculo e às vezes pela experiência, tomado então na decupagem da ciência, enquanto a palavra "contingente" contribui para construir uma visão global do mundo. Ficando no estocástico, o cálculo, por exemplo, proíbe para si a fatalidade. Cada uma dessas palavras indexa e distingue o campo no qual é empregada.

— *A questão da contingência introduz a do Ser... Num dado momento, em* Hominescências, *o senhor diz: "Não existimos como entes, nem como seres, mas como modos." (*Hominescências, *edição brasileira, p. 62) Um pouco mais adiante, "O homem erra em relação ao ser, evita-o, não o quer mais. [...] O homem tem horror de ser."* (Hominescências, *edição brasileira, pp. 62-63)*

— Sim, há pouco defini a contingência como o que *pode não ser*, em relação ao possível, que *pode ser*, ao impossível, que *não pode ser* e ao necessário, *que não pode não ser.* Essas quatro palavras ou modos: possibilidade, impossibilidade, necessidade, contingência podem ser postas num dos quatro cantos de um quadrado, cujas diagonais e lados desenham as relações, de contradição ou de oposição. A lógica definida por meio do quadrado desses modos se chama "modal". *Hominescências* diz que a vida se concebe mais facilmente nessa área de modos do que no regime do Ser, que opõe simplesmente ser a não-ser.

Cercada de necessidades, queda dos corpos ou lei dos gazes perfeitos, mas compatível com essas necessidades inertes, a vida aposta, em seguida, na possibilidade, pois, num DNA, milhões de possíveis podem emergir na hora da reprodução; a própria existência, a sua, a minha, a nossa em geral nasce e se desenvolve na contingência. A lógica dos modos torna o tratamento dessas questões mais flexível, simples e fácil, do que a lógica linear do Ser e do Não-ser.

— *E como passamos desses modos de análise filosófica à questão social da alteridade, de nossa relação com o mundo, com o ser-no-mundo, aos esquemas de Heidegger ou de Sartre?*

— A maneira de pensar que induz essa lógica modal leva mais em conta o conjunto das descobertas dos cinqüenta últimos anos e permite então entrar melhor no nosso mundo contemporâneo.

— Hominescências *está sempre em movimento e pode-se pegar qualquer das páginas do livro, ler dez linhas, questionar, parar ali. Todas as coisas que o senhor diz ali, sob essas formas de pequenos capítulos, são os assuntos que nos dizem respeito hoje e nos dirão respeito num futuro próximo.*

— Eu sempre tentei construir uma filosofia que levasse em conta saberes contemporâneos e que contribuem para modelar nosso mundo.

— *E que organizam os pensamentos de modo a não ligá-los sistematicamente, a determiná-los uns em relação aos outros.*

É... A questão é a própria noção de sistema. O que nós chamamos hoje de "globalização" já invadia o espaço no século XIX — até na Renascença —, mesmo nos impérios chinês e romano, até o momento em que o *Homo ergaster* sai da África e se expande além do canal de Suez — e *As viagens extraordinárias* fornecem mil imagens e tantas descrições desse movimento. Júlio Verne o apreende com os meios de seu tempo. No fim do século XIX, ao menos nas ciências e na filosofia, ainda mais nas empreitadas de colonização, o local — ocidental — impõe ao global seu imperialismo.

Nós dispomos hoje de outras ferramentas, mais completas, mais refinadas, diante de um outro tipo de globalização.

Devido especialmente às conquistas das ciências humanas, nós reconhecemos, ao menos em princípio, o valor das culturas, e conhecemos melhor a riqueza quase ecológica dessa diversidade. Temos então de construir um mundo em mosaico. Isso demanda um esforço diferente a cada passagem de fronteira. Sempre fascinante e hoje renovada, a questão do universal se coloca de maneira mais mestiça do que na época de Júlio Verne, quando ela se voltava, repito, à unicidade plana do imperialismo. Mais sensíveis agora aos obstáculos e às obstruções, nós devemos *fazer a ponte* entre essa nova idéia do universal e as singularidades.

Tudo isso, muito teórico à primeira vista, realiza-se contudo na vida cotidiana: por exemplo, ensino um saber quase estável, sim, realmente universal, em Madras, Bamako, Lima, Novosibirsk... O senhor acha que eu poderia fazer do mesmo modo, numa mesma língua, no mesmo estilo com os mesmos gestos do corpo? Acha que eu o *imponho*? Nós não o discutimos do mesmo modo. O fato de precisar *traduzi-lo* em diversos modos de acesso não lhe tira nada de sua universalidade: permanece invariante por variações.

— *Se voltarmos às referências do século XX de Heidegger ou de Sartre, não é o ser-no-mundo que o senhor põe em questão, é a maneira de abordá-lo? Eu não entendi muito bem como...*

— O que o senhor chama de "mundo"? Eu lhe peço um parênteses. Em que mundo vivia Sartre? A questão é mais interessante ainda porque ele se queria um engajado. Ele pretendia então ser, viver e pensar no mundo. Naquele em que vivia, entre 1940 e 1960, por exemplo, a penicilina, nova, curava as doenças infecciosas, em particular a terrível varíola, e revolucionava então a sexualidade; a bomba atômica, fazendo muito estardalhaço, tinha posto em perigo a própria existência da humanidade; mil objetos oriundos da indústria química invadiam a praça pública etc. Como se explica que, na obra de Sartre, você não encontre nenhuma alusão à física, ele não sabia nada disso, ele ignorava a química, o cálculo das probabilidades, os milagres da medicina, que entrava, pela primeira vez da história, numa era dos tratamentos eficazes? Você não encontrará nele nenhum dos operadores que nos transformaram, corpos e bens, naquela época. Ele não fala de nenhuma das forças reais que mudavam profundamente o mundo em que vivia. O mundo de que fala Sartre, inclusive o político, poderia ter permanecido o das crinolinas e das carroças puxadas a cavalo. Então, à sua pergunta, respondo com outra: de qual mundo se trata? Ao ouvir dizer a expressão "ser-no-mundo", tenho vontade de que me descrevam esse mundo, realmente, concretamente e não de maneira tão genérica que ele se torne um ambiente vazio e nulo. As eleições presidenciais, hoje, bastam para descrevê-lo? O senhor sorri. Não é isso o mundo. Claro. Quem pode crer que o mundo concreto, o mundo real, o mundo da vida, tanto quanto o mundo social, se reduza à política? À economia? No próprio momento em que Sartre e os filósofos engajados diziam que tudo era política, pouca coisa realmente era. Por isso Sartre não era engajado. Para ser engajado, é preciso saber no que se está engajado, em que mundo se penetra. Ora, o de Sartre não se parece em nada com aquele em que vivia. Não, ele não vivia realmente como contemporâneo de seu mundo, mas num outro mundo. Ele nunca se perguntou: o que é novo, realmente contemporâneo, no mundo em que vivo?

Eu recuso a teoria política do engajamento. Eu quero me engajar, mas primeiro saber em que mundo estou me engajando.

Com muitos esforços — isso me exigiu quarenta anos —, tentei responder às perguntas: O que há sobre o mundo contemporâneo? Um novo corpo? Uma nova agricultura? Novos saberes? Novas tecnologias? Novas doenças? etc. Sim, o que é *novidade*? Sartre se fazia essas perguntas? Ele adapta o marxismo, a fenomenologia e a psicanálise a explorações políticas ou psicológicas. Muito bem, mas se trata de um outro mundo. É preciso muito trabalho solitário para descobrir *o que é realmente contemporâneo no mundo em que vivemos.* Hoje: diga o sentido, o mais vigoroso e o mais legítimo possível, dessa palavra!

— *"Presente!"!... "Ser e ser aí"!... Acho, mesmo assim, que seu questionamento de nossa relação com o imaginário continua sendo um ponto de primeira grandeza sobre nossa relação com os mundos imaginados*[56]*, mesmo que a crítica tenha sessenta anos, e ainda que corresponda a uma época precisa da fenomenologia. Essas análises permanecem atuais em 2002...*

— Eu não me perguntava sobre o imaginário, mas estava falando do mundo real. Eu não recuso, por certo, sua filosofia inteira, mas apenas a insuficiência de sua teoria do engajamento. Ele não pôs em prática seus próprios requisitos. Ele nunca viveu no mundo no qual acreditava estar pensando. Aquele ser-no-mundo era um ambiente vazio, não o real.

— *Quais são os projetos que o senhor imagina para o homem?*

— O Ocidente não tem mais projeto... Talvez seja melhor que não os tenha, porque quase todos os projetos que concebeu e executou até aqui consistiam em ganhar, ocupar, matar, derramar sangue... o poder e a glória... Mas resta ainda um, necessário, quer se queira ou não, o saber, o saber científico, o ensino, a transmissão das novidades... Esse projeto necessário se torna hoje universal e exige o programa de saber comum que proponho em *O incandescente.* Daí o segundo, necessário também e quase suficiente: a paz. Eu, talvez ingênuo e utópico, creio na paz pelo saber. Para isso, devemos formar um novo homem, inventar um novo humanismo, de alcance realmente universal.

— *Essa desconexão entre os políticos e o saber não é uma fatalidade?*

— Não, claro. O homem de Estado realiza um projeto. A ausência do homem de Estado coincide sempre com a falta de projeto. Não tem por que acontecer num futuro próximo. Se nos faltam ambos, não é culpa dos políticos, mas dos filósofos. Os filósofos por muito tempo só tiveram a preocupação de comentar as políticas que os haviam precedido. Quantos filósofos inventam um novo projeto? Uma nova filosofia política? É culpa dos filósofos, nossa culpa, minha!

— *Por que o senhor não conseguiu se fazer ouvir ou por que o senhor não foi até o ponto de conexão?*

— Ainda não escrevi filosofia política.

— *O filósofo científico pode se tornar um filósofo político...*

— Eu não terminei minha obra. Ainda tenho projetos. Mas quando um fogo se acende, não se deve soprá-lo, pois corre-se o risco de apagá-lo. Você sabe, o tempo da obra inverte, de cabo a rabo, o da vida. Quanto mais um filósofo envelhece, mais ele entra na juventude da filosofia. Nasce maduro e morre verde. Quanto mais avança, melhor começa.

Eu gostaria de dizer, para terminar, que lhe agradeço por ter-me entrevistado. Por sua causa, eu percebi melhor o papel que havia tido Júlio Verne em minha tenra juventude. Encontrei, por intermédio do senhor, o lado infinitamente precioso de sua empreitada. Sofremos hoje pela ausência de uma obra semelhante à sua.

— *Há um romance de Júlio Verne que o senhor prefira hoje?*

Ah! eu variei muito. Primeiro, A *ilha misteriosa*, depois, *Mathias Sandorf*, e, quando escrevi meu livro, *O Chancellor*. Não há ciência nessa novela, mas ela está presente, secreta, envolvida, finamente adaptada, poderosamente motriz, criadora... Ofegante, trágica, mortal, a narrativa acaba, em regime religioso, com a salvação de todos devido à transubstanciação das águas salgadas em água doce.

Recentemente, num vendedor de combustíveis, dava-se como brinde o *Viagem ao centro da Terra*... Eu visitei de novo, com deslumbramento, as paisagens da Islândia, subi as ladeiras de Stromboli, revi a geografia de rochas estratificadas da época e penetrei minha Mãe-Terra. Ah! O encontro, no fundo do buraco, do pai ancestral, pastando os monstros antediluvianos. E o senhor, quais são os seus preferidos?

— Hatteras, *ir até o fim,* A ilha misteriosa, *construir a humanidade,* Mathias Sandorf, *aceder à justiça... os romances nos quais Júlio Verne aprofunda reflexões dos personagens.* O raio verde, *também.* A estrela do sul[57] *e* O arquipélago em fogo, *que são estranhos romances de amor.*

— E Julien Gracq, qual é preferido dele?

— *Ele gostava muito de* Viagens e aventuras do capitão Hatteras!

— Diga-me, ele o terá guardado na memória?

— *Foi como com o senhor... A obra voltou ao longo da entrevista, ou em sua preparação...*

— Ele o leu quando jovem?

— *Ele sempre o leu! Continuou sempre a ler Júlio Verne. Nós ainda falamos disso outro dia. O que dá prazer é vê-lo ainda com o espírito tão vivo.*

— Em boa saúde?

— *Ele está bem. Faz seu passeio na ilha Batailleuse todas as manhãs, se o tempo está bom; ele é como seus livros, atravessa o tempo.*

— Pois bem! O céu ficou de repente mais bonito para mim e o senhor diga isso a ele. Pensar nele, de repente, torna o mundo melhor mais uma vez. Peço-lhe que conte a ele que numa noite de Natal, recentemente, reli para minha família o "Sermão da Natividade" em *Uma varanda na floresta*: que viagem extraordinária*!

*Serres e Dekiss,** janeiro de 2002-junho de 2003.*

---

* Julien Gracq, escritor francês, nascido em 1910, de fato vive, em certo isolamento dos grandes círculos literários, na bela região do Loire. Michel Serres se refere a seu romance *Un balson en forêt* (1958). Dekiss o entrevistou em 2002. (N.T.)

** Dekiss publicou biografia de Verne, em 1999. (*Jules Verne l'enchanteur: biographie*, Paris: Du Felin Éditions e um ensaio, em 2005, *Jules Verne, um humain planétaire*, Paris, Textuel).

Notas

1. *Cinco semanas num balão*, 1ª *Viagem extraordinária*, 1863.
2. *Hector Servadac*, 23ª *Viagem extraordinária*, 1877.
3. *A Jangada*, 30ª *Viagem extraordinária*, 1881.
4. *Um drama na Livônia*, 57ª *Viagem extraordinária*, 1904.
5. *O castelo dos Cárpatos*, 49ª *Viagem extraordinária*, 1892.
6. *Família sem nome*, 46ª *Viagem extraordinária*, 1889.
7. *O testamento de um excêntrico*, 65ª *Viagem extraordinária*, 1899.
8. *Os filhos do capitão Grant*, 5ª *Viagem extraordinária*, 1866/67.
9. *A volta ao mundo em 80 dias*, 14ª *Viagem extraordinária*, 1872.
10. *As viagens extraordinárias* são compostas de oitenta viagens em sessenta e dois romances e dezoito novelas.
11. *Vinte mil léguas submarinas*, 8ª *Viagem extraordinária*, 1869/70.
12. *Viagens e aventuras do capitão Hatteras*, 2ª *Viagem extraordinária*, 1864/66.
13. *Da Terra à Lua*, 4ª *Viagem extraordinária*, 1865, e *Ao redor da Lua*, 9ª *Viagem extraordinária*, 1869.
14. *As aventuras de três russos e de três ingleses*, 12ª *Viagem extraordinária*, 1871/72.

15. Os romances de Verne são publicados primeiro, quase sempre, no *Magasin d'Éducation et de Récréation*, periódico das Edições Hetzel, de 1865 a 1914.
16. *Norte contra Sul*, 44ª *Viagem extraordinária*, 1887.
17. *O arquipélago em fogo*, 36ª *Viagem extraordinária*, 1884.
18. *O caminho da França*, 42ª *Viagem extraordinária*, 1887.
19. *Mathias Sandorf*, 26ª *Viagem extraordinária*, 1885.
20. *Em Magellanes*, 66ª *Viagem extraordinária*, 1908.
21. *A casa a vapor*, 29ª *Viagem extraordinária*, 1879.
22. *O segredo de Wilhelm Storitz*, 67ª *Viagem extraordinária*, 1910.
23. *A ilha misteriosa*, 15ª *Viagem extraordinária*, 1874.
24. *Michel Strogoff*, 20ª *Viagem extraordinária*, 1876.
25. *As índias negras*, 24ª *Viagem extraordinária*, 1877.
26. *O raio verde*, 23ª *Viagem extraordinária*, 1882.
27. Em *O país das peles*, 13ª *Viagem extraordinária*, 1872/73.
28. Em *O Chancellor*, 11ª *Viagem extraordinária*, 1874/75.
29. *Michel Strogoff*, capítulo XII.
30. *A caça ao meteoro*, 74ª *Viagem extraordinária*, 1908.
31. *A caça ao meteoro*, capítulo XII.
32. Julien Gracq, *Entretiens*, José Corti, 2002, pp. 218-225.
33. *As miríficas aventuras do mestre Antifer*, 54ª *Viagem extraordinária*, 1894.
34. *O eterno Adão*, 79ª *Viagem extraordinária*, 1910.
35. *Robur, o conquistador*, 40ª *Viagem extraordinária*, 1886.
36. *De cabeça para baixo*, 47ª *Viagem extraordinária*, 1889.
37. A ilha Júlia aparece em *A ilha misteriosa, Mathias Sandorf* e *As miríficas aventuras do mestre Antifer*.
38. *Le Tiers-Instruit*, François Bourin, 1991.
39. *O soberbo Orinoco*, 44ª *Viagem extraordinária*, 1898.

40. *O senhor do mundo*, 61ª *Viagem extraordinária*, 1904.
41. *Diante da bandeira*, 46ª *Viagem extraordinária*, 1896.
42. Marcel Gauchet, *Le désenchantément du monde*, Gallimard, 1985.
43. *Viagem ao centro da Terra*, 3ª *Viagem extraordinária*, 1864.
44. *En amour, sommes-nous des bêtes?*, Le Pommier, 2002.
45. *A aldeia aérea*, 50ª *Viagem extraordinária*, 1901.
46. *Os náufragos do Jonathan*, inicialmente *Em Magellanes*.
47. *Os 500 milhões de Bégum*, 19ª *Viagem extraordinária*, 1879.
48. *Statues*, François Bourin, 1987, p. 35-52.
49. *Feux et Signaux de brume*, *Zola*, Grasset, 1975.
50. *Paris no século XX*, publicado em 1994.
51. Jean-Yves Tadié, *La critique littéraire au XX*ᵉ *siècle*, Belfond, 1987, p. 13.
52. *O Humbug*, 1910.
53. *A ilha a hélice*, 42ª *Viagem extraordinária*, 1895.
54. Martin Heidegger.
55. *A aldeia aérea*, 10ª *Viagem extraordinária*, 1870.
56. Jean-Paul Sartre, *L'Imaginaire*, Gallimard, 1940.
57. *A estrela do sul*, 26ª *Viagem extraordinária*, 1884.

Impresso no Brasil pelo
Sistema Cameron da Divisão Gráfica da
DISTRIBUIDORA RECORD DE SERVIÇOS DE IMPRENSA S.A.
Rua Argentina 171 – Rio de Janeiro, RJ – 20921-380 – Tel.: 2585-2000